幽默三國

之

錦囊裡的冷笑

周　銳◎著
奇　兒◎圖

序

在中國大陸，從二〇〇三年起，出版了《幽默三國》十本、《幽默西遊》四本、《幽默水滸》一本、《幽默紅樓》一本、《幽默聊齋》四本。其中最受歡迎的是前兩種，第一本《幽默三國》已經印刷了四十多次、達二十多萬冊。從二〇〇五年起，我這一大套書開始在香港陸續出版，現已出齊。令我鼓舞的是，這套書又有機會走向台灣小讀者。

回憶小時候，四大名著中最先讀的是《西遊記》和《水滸傳》，半古文半白話的《三國演義》較後接觸。但這些經典作品的流傳不僅靠書籍，還通過戲曲、評書、相聲等其他一些被大家喜聞樂見的民間文藝（現在又加上了影視劇）達到家喻戶曉。

我還記得說書裡，曹操在間諜徐庶的愚弄下發出了「不要死子龍，只要活趙雲」的命令，使曹軍兵將在趙雲面前束手束腳，更加傷亡慘重。

我還記得相聲裡說到，演《長阪坡》時曹操的扮演者登上代表山坡的桌子，正巧撿場（舞台工作人員）把自己吃的烤白薯放在桌子上，曹操踩上烤白薯摔了下來。那演員不能不繼續演出，就指著桌子編了段唱：「今日上山好奇怪，它把老夫摔下來。二次再把山坡上……」

我還記得京劇《群英會》裡，周瑜為了向曹營派間諜，跟老將黃蓋商定使用苦肉計；打黃蓋時，眾將都求周瑜別打了，只有識破此計的諸葛亮若無其事。周瑜見諸葛亮一杯又一杯喝著酒，氣得渾身發抖。老實人魯肅奪下諸葛亮的酒杯，生氣地說：「我不服你

了！都督責打老將軍，你是客人就該勸解，怎麼這樣只顧喝酒，你沒喝過酒啊？」諸葛亮笑道：「他們一個願打，一個願挨，與我有什麼相干啊？」

你瞧，隔了差不多五十年了，我對這些記憶猶新。我當過孩子，知道孩子對什麼感興趣。我適合給孩子寫書還因為——能吸引孩子的一切還繼續吸引著我。所以在寫《幽默三國》時，編出的故事只要能把自己吸引住，差不多也就合孩子們的胃口了。《三國演義》裡人物很多，我只挑了五十年前比較吸引我的諸葛亮、張飛、曹操、蔣幹、周瑜、魯肅擔任《幽默三國》的主角。

有個孩子給我發來電子郵件，說：「我原來對歷史不感興趣，讀了您的《幽默三國》後，覺得歷史並不那麼枯燥了。」我挺高興，如果孩子們讀了我的書不僅只對中國歷史感興趣，能對中國文化的方方面面都產生興趣，那我就更高興了。

目次

周瑜仿製鵝毛扇 1
間諜蚊 23
紅男綠女 39
生物入侵 55
小喬的頭髮廣告 75
臭皮匠與諸葛亮 89

目次

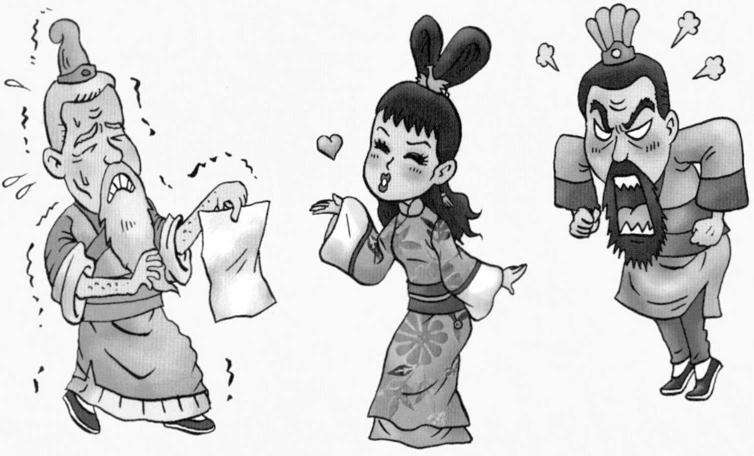

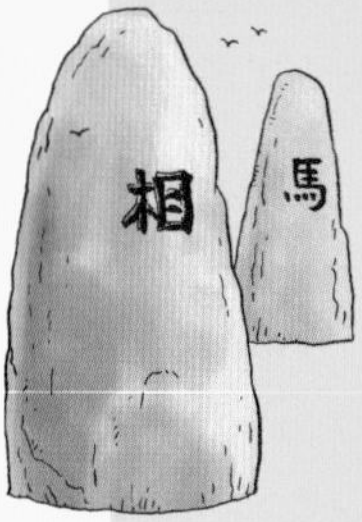

蟲子咬破了鍋 103
民用烽火 115
曹操打獵 133
錦囊裡的冷笑 145
棋王黃忠 159
東氣西輸 177

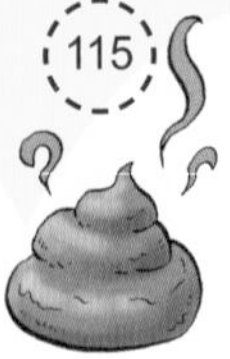

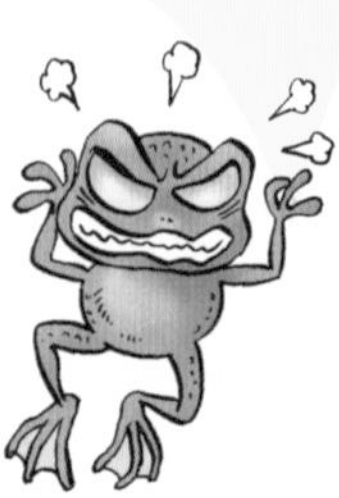

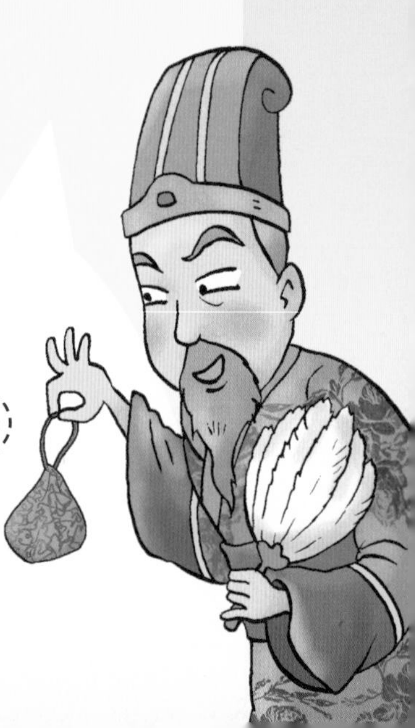

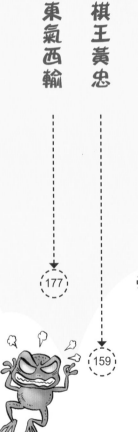

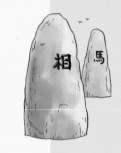

周瑜仿製鵝毛扇

「為什麼諸葛亮老是比我棋高一著？」

這個問題久久久地苦惱著周瑜，使他廢寢忘食。

「周都督，」魯肅走進來提醒周瑜，

「您該吃飯了。」

周瑜說：「飯太燙了，等涼一涼再吃。」

魯肅說：「已經涼了三天啦。」

周瑜就有些吃驚，「我已經三天沒吃飯了嗎？」

「是啊。」

「沒辦法，我對自己說過：周瑜啊周瑜，沒思考出結果，你就別吃飯。」

「可是，」魯肅說，「諸葛先生思考問題的時候，從來不會不吃飯。」

周瑜問：「那，諸葛亮思考問題的時候是怎樣的呢？」

「他呀，雙目微閉，羽扇輕搖，很快就有了好主意。」

「你說的羽扇，就是他那把破鵝毛扇？」

「對呀。」

周瑜忽然開了竅。

「答案出來了！奧妙就在扇子裡。諸葛亮是用這扇子驅暑降溫嗎？」

魯肅想了想。「顯然不是，他冬天也拿著扇子。」

「那麼，他是用扇子趕蒼蠅？」

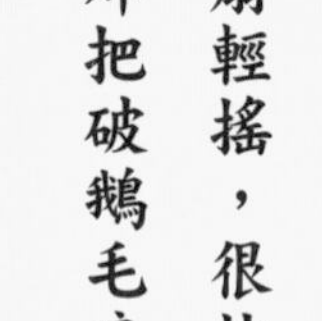

「這倒有可能，南方蒼蠅多。」

「什麼有可能！」周瑜不能容忍別人擾亂他的思路。「只有一種可能，就是——這是把智慧之扇，碰巧落到了諸葛亮手裡。諸葛亮揮動此扇，扇中便送出源源不斷、綿綿不絕的靈感供他採用。」

魯肅發了愣。

「這麼說，諸葛亮並非第一聰明，都督您也並非第二聰明，你們倆的智力差距完全是鵝毛扇造成的？」

周瑜悲壯地點點頭。

周瑜說：「現在是把被顛倒的歷史再顛倒過來的時候了！」

魯肅問：「怎麼顛倒法？」

「你去找一個身輕如燕的飛賊，名聲要好一點的……」

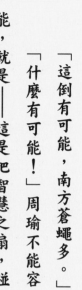

「做賊的名聲還會好？」

「我是說，他在技術上頗有口碑，幹起活來可靠些。」

魯肅嘀咕道：「其實我們這兒也有鵝……」

周瑜固執地，「但我相信那扇子用的不是普通鵝毛。」

魯肅心不甘情不願地走了出去。

不一會兒，魯肅回來了，神情輕鬆了許多。

周瑜問他：「找到合適的人了？」

魯肅說：「我慶幸，總算不必去找這樣的人了。」

「為什麼？」

「諸葛亮到吳國來了！」

「哦？」

「他來走親戚的，您知道他哥哥在這邊。這樣的話，您可以借他的扇子試一試，就知道你們的差距到底在哪兒了。」

「向他借扇？嗯……」周瑜沉吟著踱起步來。

諸葛亮正在哥哥諸葛瑾家裡喝茶，看見魯肅低著頭走進來，嘴裡一邊在背誦著什麼。

諸葛亮知道魯肅是老實人，每當他不得不說謊的時候，都需要這樣緊張地背誦。

「哦，魯大夫，」諸葛亮招呼道，「背到哪裡了？」

「你別打斷我……」魯肅最怕別人打斷他的背誦，一打斷，就得從頭開始。現在他只得又背誦一遍，然後開口道：「諸葛先生，我們都督病了，上瀉下吐……不不，應該是下吐上瀉吧？」

諸葛亮糾正魯肅：「應該是上吐下瀉。」

「對，上吐下瀉，病得很重，病得很重……」

「別緊張，」諸葛亮見魯肅卡帶了，提示道：「醫生怎麼診斷的？」

「哦，醫生說，

醫生說內火太旺，需要用一把產自吳國的鵝毛扇來搧一搧，把火搧滅。」

諸葛亮愣了愣。「是產自吳國嗎？還是產自魏國？產自蜀國？」

魯肅拍拍腦袋，「產自蜀國！」

諸葛亮說：「如果需要產自蜀國的鵝毛扇，我正好隨身帶來一把，可供都督使用。」

「太好了，」魯肅總算完成任務了，「周都督一定會高興得跳起來。」

諸葛亮問：「他病得這麼重，能跳得動嗎？」

「這……」魯肅不知怎樣回答，因為這已不屬於他的背誦範圍，他該背誦的已經背誦完了。

諸葛亮只好替魯肅回答：「現在跳不動，但等到用這把扇子將都督的火搧滅以後就可以跳了，對不對？」

不管怎麼說，周瑜給魯肅記了一大功。

他玩弄著鵝毛扇愛不釋手。

魯肅提醒周瑜：「都督，您該試試這扇子，看它到底有沒有益智作用。」

「對。」周瑜就拜託魯肅，「你就給我出幾個題目，難一點的，看我能不能答得上來。」

周瑜先朝自己搧了幾下，然後胸有成竹地等待出題。

魯肅的智商和學問都不如周瑜，要他給周瑜出題，真是太難為他了。

魯肅看見周瑜手中的鵝毛扇，頓時靈機一動。

「都督，」魯肅對周瑜道，「咱們就以扇為題吧。這扇子，用外國話怎麼說？」

周瑜覺得難度不大，「四川話，我也會說幾句。」

魯肅聲明：「我說的『外國』不包括蜀國，也不包括魏國，說漢語的

國家都不算。」

可是周瑜不會說外語，一句也不會說。

他趕緊又將鵝毛扇揮動幾下……

靈感來了！

周瑜問魯肅：「你去過外國沒有？」

魯肅說：「沒有。」

「你懂外語嗎？」

「不懂。」

「這就好辦了。——用外語說『扇子』可不好說，長長的一串，嘴皮子得流利。」

周瑜嘰哩咕嚕說了一遍。

魯肅說：「聽不清楚。」

周瑜就說慢一點：「扇子叫——勁大風大勁小風小，明白了嗎？」

「明白了。」

周瑜高興極了。他從沒當過外國人，今天在智慧之扇的幫助下竟然說起了外語，還說得那麼溜！

周瑜繼續要求：「出第二題吧，別太簡單了。」

魯肅想到，周瑜在說夢話時最常嘟囔的一句是——「既生瑜，何生亮？」可見這是最困擾周瑜的問題。

「都督，老天既然生了如此優秀的您，為什麼還要生個諸葛亮？」

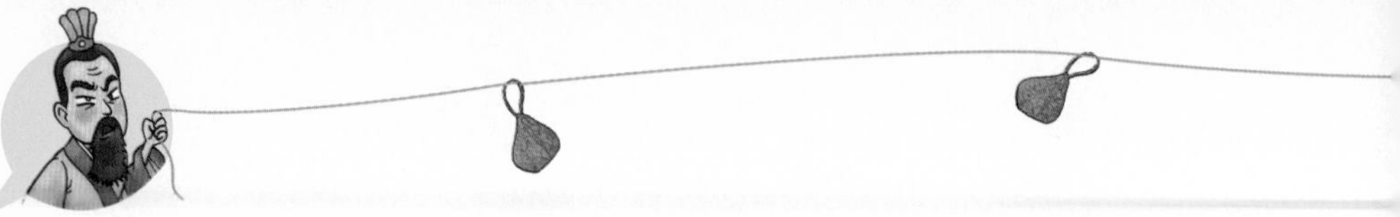

（有了第二個問題，魯肅很容易便準備好第三個問題——「老天既然生下優秀的諸葛亮，有什麼必要再生您？」）

「為什麼還要生諸葛亮……」周瑜嘀咕著。

他急急揮扇。忽然，他的思路又從扇子上得到突破！

「對了，老天生諸葛亮是為了給我送扇子來的，他不配用這樣的神品！」

周瑜哈哈大笑。

周瑜將智慧之扇交給魯肅：「你立即去找高級工匠，速將此扇複製一把。真扇留下，讓諸葛亮帶著複製品回蜀國。」

諸葛亮回國時，除了哥哥諸葛瑾，周瑜和魯肅都去送行。

周瑜想看看自以為聰明的諸葛亮拿著假扇離去的樣子。能捉弄諸葛亮，實在是種難得的享受啊！

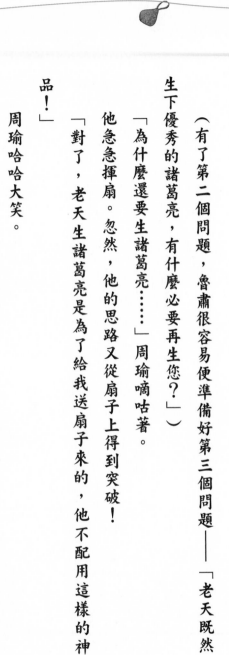

但奇怪的是，諸葛亮兩袖清風，沒帶上那把複製品。

周瑜好失望。

但他很快又高興起來，「這正說明我的判斷是正確的，諸葛亮的成功完全依賴這把扇子！瞧，沒了智慧之扇，他是那樣丟三落四。」

於是周瑜提醒諸葛亮：「先生怎麼沒帶上鵝毛扇，它是您不可缺少的夥伴呀！」

諸葛亮笑道：「我把它留在貴國了。到時候，要是都督再次下吐上瀉，它還可以派上用場。」

周瑜心裡更加得意：「這傢伙離開扇子後完全現出愚蠢的本相，他簡直語無倫次了。」他便嘲笑諸葛亮：「您說『下吐上瀉』，難道下面是嘴巴？」

魯肅說：「都督的下面是嘴巴，那上面就是——」

諸葛亮大笑起來。

周瑜也大笑，他一邊想起有關彌勒佛的那句——「笑世間可笑之人」。

但誰真的可笑？

周瑜得到智慧之扇的消息很快傳到了魏國。

曹操問他的謀士蔣幹：「你覺得我國是否需要智慧之扇？」

蔣幹說：「這種扇子，一個小國的都督都配備了一把，以丞相您的檔次，至少得有三四把。」

「你的意思是，」曹操瞪出眼珠，「我比周瑜愚蠢三四倍？所以需要三四倍的智慧？」

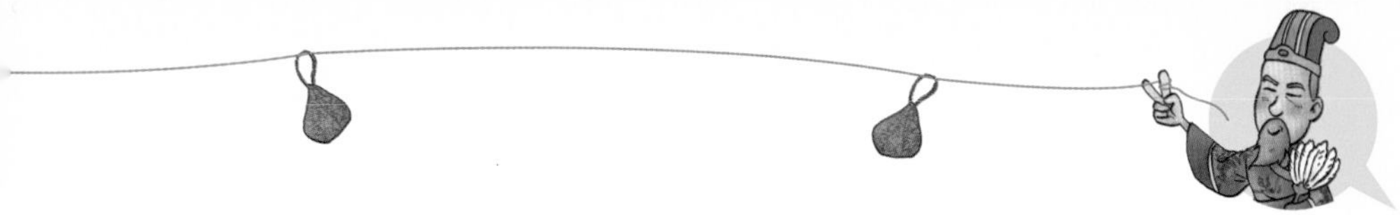

蔣幹發現自己說錯了話，立刻呆若木雞、噤若寒蟬了。

曹操長歎一聲，當時吟詩一首：

謀士竟無謀，
蔣幹不能幹。
急待智慧風，
需要鵝毛扇。

曹操說：「正因為我這裡像你這樣的謀士太多了，我才想要進口智慧之扇啊！」

蔣幹忙道：「那就進口兩百把，因為您有兩百個謀士。我立刻動身去吳國採購。」

「去吳國幹什麼？」曹操吼道。「此扇的正宗產地在蜀國，你又想糟踢我的錢嗎？」

蔣幹便騎上他的驢前往蜀國。

他一邊顛顛地趕路，一邊不服氣地把曹丞相做的那首詩改了一遍——

謀士怎無謀？
蔣幹很能幹。
蔣幹能騎驢，
千里去買扇。

辛辛苦苦到了蜀國，蔣幹要去見諸葛亮，卻先遇上了張飛。

張飛問道：「蔣先生幹嘛來啦？」

蔣幹下了驢。「奉丞相之命，特來貴國採購智慧之扇兩百把。」

「智慧之扇？你是指我們諸葛先生用的鵝毛扇嗎？」

「是啊！」

「你們以為諸葛先生的神機妙算是靠扇子完成的？這簡直是——」

「天大的笑話？」

「不，這簡直是對我們先生的侮辱！趁我的怒火還沒燒旺，你趕快離開吧！」

張飛一邊按捺著他的怒火，一邊將蔣幹抱上驢去，並將驢掉轉，使驢頭朝向魏國。

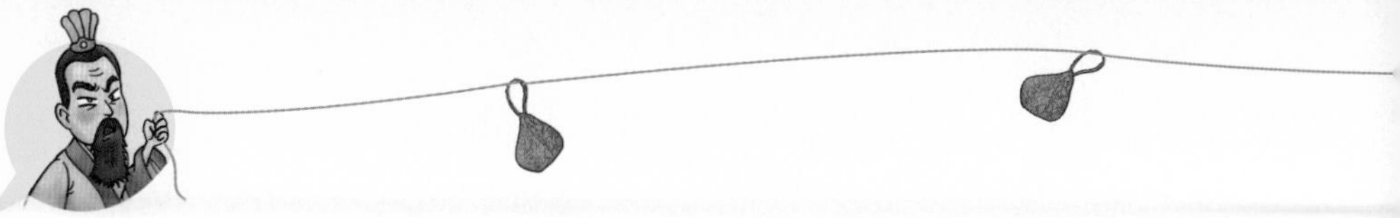

蔣幹說：「沒完成任務，我不能回魏國，我還是去吳國吧！」

張飛便又將驢頭調整一個角度，使它朝向吳國，然後在驢屁股上拍了一巴掌。

這一巴掌成了驢的加速動力，儘管張飛的怒火還沒充分燃燒。

蔣幹的驢風馳電掣般地向著吳國飛奔。

驢背上的蔣幹十分得意，他自言自語著：「丞相啊丞相，要是按我的主意，就不會來蜀國白跑一趟啦！看來需要智慧之扇的不是我蔣幹，而是別的謀士。」

張飛的巴掌使蔣幹的驢想停也停不下來。當這一巴掌的能量終於耗盡時，蔣幹和他的驢正好停在吳國的都督府門外，驢頭還在門上「咚」地撞了一下。

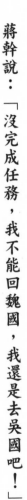

都督府的大門打開了，蔣幹被周瑜請了進去。

周瑜見到蔣幹很高興：「老同學啊，你的每次拜訪都給我帶來好運

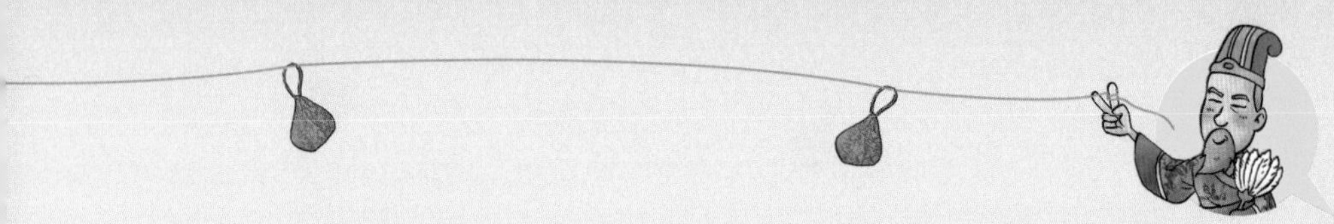

氣。」

蔣幹卻覺得有點奇怪：「公謹啊，怎麼沒見你拿著智慧之扇？」

周瑜解釋道：「這是因為跟你見面不需要太多的智慧。」

「你說什麼？」

「哦，我是說，我們老同學之間不需要爾虞我詐、勾心鬥角。」

蔣幹的心被友情溫暖了，就說：「你還得幫我一次忙，我想在你這兒訂製兩百把智慧之扇。」

「沒問題！」周瑜一口答應。「先讓你看看樣品吧。」

周瑜拿出兩把鵝毛扇。

周瑜對蔣幹說：「這兩把扇子，一把是諸葛亮親自使用過的，也算是身經百戰的；另一把是我們的複製品。你仔細比較一下，有沒有辦法區別它們？」

對著兩把扇子，蔣幹像一首男孩看女孩的歌裡唱的那樣——左看，右

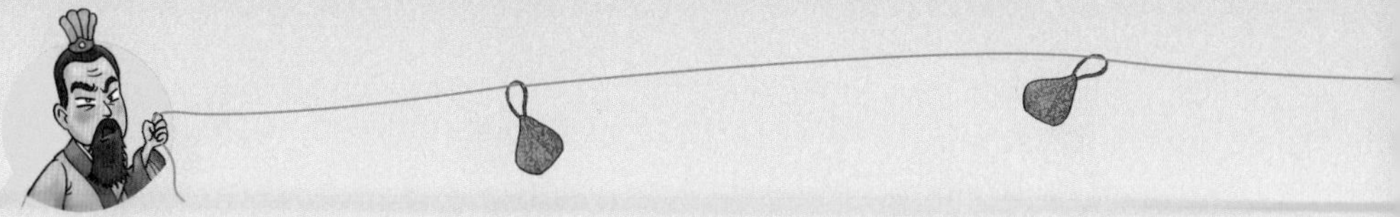

看，上看，下看……想了又想，猜了又猜……怎麼也看不出有什麼兩樣。

蔣幹說：「從外形上找不到什麼破綻了，但不知內部功能上是否存在差距？」

周瑜說：「那就試一試吧！什麼動物最笨？」

蔣幹說：「驢。」

周瑜就將那把複製品遞給蔣幹，「用它搧搧你的驢。」

蔣幹拿著扇子對驢搧了一下。

然後蔣幹問周瑜：「驢變聰明了嗎？」

「是的。」周瑜說，「你再把扇子遞到驢的嘴邊，看牠吃不吃。」

「吃了怎麼樣？不吃又怎麼樣？」

「要是牠把鵝毛當草一樣啃，說明牠還是一頭笨驢。要是牠毫不上當，說明牠變聰明了。」

蔣幹便給驢吃鵝毛扇，但驢就是不肯吃。

於是這宗生意拍了板。價錢是高了些，但蔣幹想：高價買的是高品質，還算物有所值。

兩百把智慧之扇運到了魏國。

曹操要親眼看著他的謀士們如何由石變玉，由魚化龍。

他先給大家出了個題目：

扇子在冬天的用途

所有的謀士全都目瞪口呆。

這情景是在曹操意料之內的。接下來他給大家發鵝毛扇，一人發一把。

謀士們一拿到扇子就猛搧了起來……

此時的北方已進入冬季，氣溫本來就很低，再一用扇子，不一會兒噴嚏聲就此起彼伏了。

等到所有的謀士都打起噴嚏時，曹操宣布答題的時間到了。

曹操問：「說吧，你們的答案是什麼——扇子在冬天的用途？」

大家異口同聲地回答：「能造成感冒！」最後又異口同聲地打了個超級噴嚏。

曹操沉痛地搖搖頭，「你們……太讓我失望了。」

「丞相，」一位謀士說，「應該是蔣幹買來的扇子讓您失望了。」

蔣幹急忙轉移眾人的注意，他對曹操說：「既然我們的答案讓丞相失

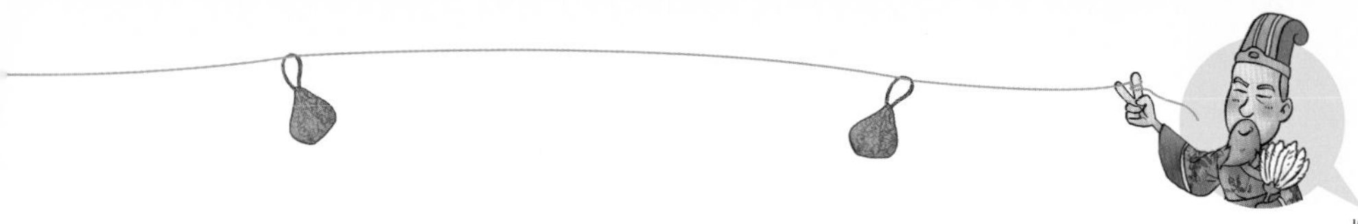

望，想必丞相已有理想的答案，何不公布出來讓大家欽佩一番？」

曹操便道：「這樣的題目應該有許多不同的答案的。扇子在冬天有什麼用途？至少可以激發我的靈感，產生一首好詩。」

大家齊聲起哄，表示對好詩的渴望。

曹操開始吟詩，一邊對蔣幹瞪眼——

出題在冬季，
答題打噴嚏。
什麼智慧扇，
統統退回去！

間諜蚊

今天魯肅見到周瑜時，周瑜問魯肅：「你看我的孩子怎麼樣？」

魯肅東張西望，「您的孩子在哪裡？」

「孩子當然在腳上啦！」周瑜抬起一隻腳。

魯肅糾正周瑜的發音：「腳上的是鞋子，不是『孩子』。」

周瑜道：「我沒說『孩子』，我今天穿了新鞋，我讓你看我的鞋子。」

「可是您剛才的確說的是『孩子』，不是『鞋子』。」魯肅從來實事

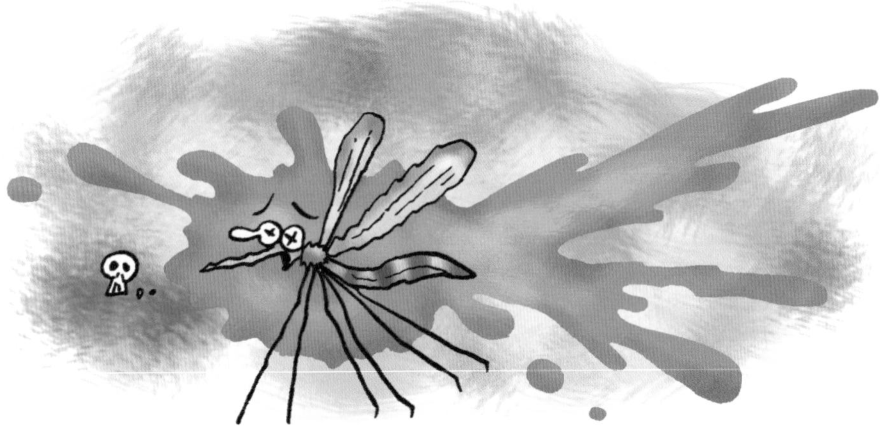

求是，不肯含糊的。

「真的嗎？怎麼會這樣？」周瑜有點吃驚。「安徽人會把『鞋子』說成『孩子』，我又不是安徽人，我是浙江人……」

這時魯肅的目光被牆上的什麼東西吸引了。

周瑜跟著魯肅的目光看過去，看見一隻體形奇特的黑斑蚊子在那兒休息。

魯肅悄悄地舉起手掌——

「啪！」

蚊子被拍死在牆上。

魯肅說：「還有血呢，不知是叮了您還是叮了我。」

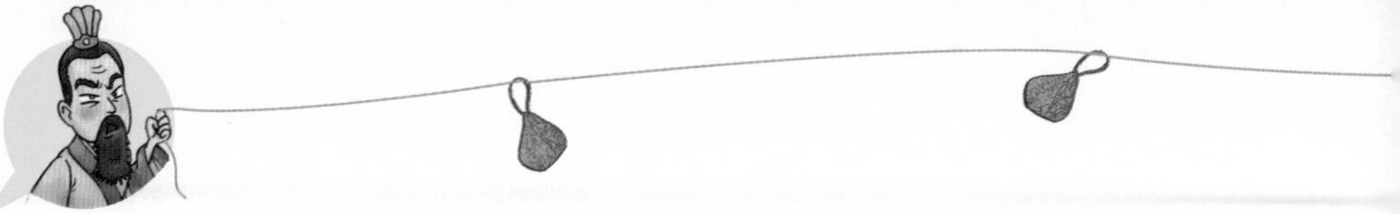

周瑜說：「檢查一下，誰身上有紅疙瘩。」

魯肅在周瑜的脖子後面發現了蚊叮的腫塊。

周瑜就擔心起來：「會不會給我帶來什麼傳染病？」

第二天，魯肅關心地去探望周瑜。

「都督，」魯肅問周瑜，「您還好吧？沒什麼危險吧？」

「你說啥子？」周瑜正在看地圖，沒聽清楚。

「咦？」魯肅覺得好玩，「您怎麼又說四川話了？」

「我說四川話了嗎？」

「您說了，『啥子』就是四川話。」

正說著，他倆同時發現一隻飛舞著的蚊子。這蚊子跟昨天那隻種類相同。

魯肅又伸出巴掌——

「且慢！」周瑜摸著脖子上新的腫塊若有所思。「我說安徽話，四川話，會不會與這種蚊子的叮咬有關係？」

「不知道。」

「也許昨天那隻蚊子是從安徽飛來？今天這隻蚊子來自四川？安徽屬於魏國，四川是蜀國……」

「都督，這蚊子觸動了您的戰略神經？」

周瑜先讓魯肅幫著關上門窗。

然後他吩咐魯肅：「捉住蚊子，要活的！」

魯肅手忙腳亂了一陣，終於將蚊子生擒。

周瑜問魯肅：「不知四處巡診的神醫華佗現在到了哪裡？」

魯肅說：「華佗離開吳國以後去了魏國，後來轉到蜀國，現在差不多又該來吳國了吧！」

「你去找到他，將他請來。」

「好的。」

華佗果然又到吳國，便被魯肅請來都督府。

見了周瑜，華佗問道：「不知周都督有何見教？」

「尊敬的華醫生，」周瑜十分謙恭，「聽說您很有研究興趣，特地請您來看看我搜集到的一種奇異昆蟲。」

周瑜關了門窗，拿出一個蟋蟀盒子。

華佗小心地將盒蓋揭開一點，便看到那隻黑斑蚊子。

華佗挺興奮。「周都督，這是一種罕見的蚊類，牠不傳染疾病，卻能傳輸人的其他特徵和資訊。」

「那就是說，」周瑜更興奮，「通過這種蚊子，我們能知道遠方的人們說了些什麼、甚至想了些什麼？」

「是啊！」華佗說，「如果我要向蜀國和魏國的學員傳授醫學知識，以前只能用函授。現在要是能用『蚊授』，那就快捷得多啦！不過，在普遍應用之前，還要做大量的試驗、繁殖、訓練工作。」

「那麼，華醫生，由您來主持這個造福民眾的研究項目，應該沒問題吧？」

「行。」神醫華佗一口答應。

經過華佗的精心飼養，這隻雌性的黑斑蚊很快產了卵，繁殖出

第一批幼蚊。

開始資訊傳輸試驗。華佗隨便說了兩句繞口令，然後讓蚊子叮了一口，再讓牠去叮一頭豬。

被蚊子叮過的豬翻了翻眼，哼了一聲，便嘟囔道：「吃葡萄不吐葡萄皮，不吃葡萄倒吐葡萄皮……」

「成功啦！」在一旁觀看試驗的周瑜歡呼起來。

華佗說：「這只是近距離的資訊傳輸，要達到遠距離，還得進行耐心的訓練。」

周瑜說：「可是我們跟魏國的戰爭迫在眉睫，黑斑蚊的訓練必須強化速成。」

華佗大吃一驚，「什麼造福民眾，原來這是個軍事項目！我向來反對戰爭，對不起，周都督，我不能繼續為您工作，您另請高明吧！」

不顧周瑜的挽留，華佗拂袖而去。

華佗走了，周瑜十分沮喪。

魯肅來請示：「那些蚊子，是全部放掉，還是消滅掉？」

「放掉？那就前功盡棄了。」

「我們還要繼續養蚊子嗎？」

周瑜神情嚴肅。「最近我們跟魏國的關係挺緊張，第二次赤壁大戰隨時可能爆發。所以，研究、訓練間諜蚊對我們很重要。」

魯肅問：

「我不明白，蚊子能幫我們

做什麼？」

周瑜說：「比如，諸葛亮發明了一種新式武器，還在設計圖紙的時候，我們就可以派遣間諜蚊前去竊取情報。這等於讓諸葛亮無償地替我們研製武器，我們利用蜀國來打魏國。」

「可是，」魯肅表示懷疑，「蚊子能竊取圖紙？」

周瑜說：「我們可以試一試。」

周瑜叫魯肅待在裡屋，「你可以隨便畫個什麼。」

周瑜到外屋去了，魯肅便獨自在裡屋畫他的畫兒。

過了一會兒，一隻黑斑蚊飛進裡屋，叮了魯肅一下。

黑斑蚊又飛到外屋，叮了周瑜。

周瑜翻了翻眼，哼了一聲，便拿起筆來，在牆上畫了個小烏龜。

畫完後，周瑜立即跑進裡屋，見裡屋的牆上也畫了個烏龜！

於是用蚊子竊取圖紙成為可能了。

「不過，」魯肅又提出，「怎樣讓蚊子明白，牠必須飛到蜀國去？怎樣讓蚊子接近諸葛亮呢？」

這時空中傳來鴿哨聲，周瑜、魯肅一起仰面觀看。

是張飛駕著飛雞來吳國放飛他的鴿子。

張飛以「飛」為名，所以對養鴿子很有興趣。他把鴿子帶到遠方，再讓牠們飛回來。放飛的距離越來越遠，這次放到了外國。

在吳國上空，張飛打開了鴿籠，幾十隻鴿子飛了出來。

放掉了鴿子，張飛立即返航。那些鴿子盤旋了幾圈，大多找到了蜀國的方向，呼啦啦展翅西去了。

只有一隻年輕的鴿子迷了路，牠降落到一棵樹上，想定一定神。

周瑜吩咐魯肅：「你去找一把小米來。」

魯肅把小米找來了。

周瑜將小米撒了幾粒在樹下，然後「咕咕」叫著，邊走邊撒米……

那隻年輕的鴿子早就餓壞了，這時便被誘餌一步一步騙進了周瑜的屋子。

門關上了。周瑜放出一千隻黑斑蚊，把鴿子叮得直哆嗦。

直到蚊子們都餵飽了，周瑜才把鴿子放掉。

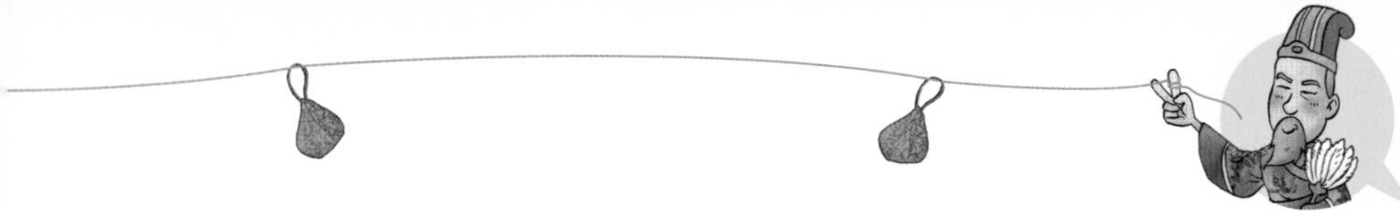

魯肅不明白：「這是幹什麼？」

周瑜解釋道：「鴿子是一種方向感很強的鳥類，我們的蚊子吸了蜀國鴿子的血，就能取得飛往蜀國的方向感。」

魯肅說：「即使這些蚊子全都飛到了蜀國，按照鴿子的方向感，蚊子們會去叮養鴿子的張飛，不會叮諸葛亮吧？」

周瑜說：「考慮到這種可能，所以我要派遣一千隻蚊子，而不是一隻蚊子。一千隻蚊子飛到蜀國，牠們會覺得只叮一個張飛太擠、太單調，牠們就會去叮附近的劉備、關羽，最後一定會叮到諸葛亮身上。等一千隻蚊子返回吳國，哪怕其中只有一兩隻叮過諸葛亮，也算大功告成了。」

周瑜選擇了一個好天氣。這天不下雨，不下冰雹，不刮龍捲風，像張飛放飛鴿子那樣，周瑜放飛蚊子。

一千隻蚊子在空中盤旋了幾圈，根據自己的方向感向目的地飛去。

周瑜是近視眼，他就問魯肅：「你看見咱們的蚊子嗎？」

魯肅說：「看見的。」

「牠們都飛向西邊了吧？」

「有飛向西邊的，也有飛向東邊的，也有飛向南邊的，也有飛向北邊的。」

「怎麼會這樣？！」周瑜很意外。

「我想，」魯肅慢條斯理地分析，「咱們的蚊子叮的是一隻迷路的鴿子，所以牠們也就容易迷路了。」

「但是，」周瑜仍然抱著希望，「畢竟還是有一部分蚊子朝西飛去了……」

十天後。

周瑜正在辦公，聽到一陣嗡嗡聲。他眼睛近視，但耳朵不近視。

周瑜立即興奮起來，他問魯肅：「有蚊子飛進來了吧？」

魯肅說：「是的。」

「是黑斑蚊嗎？」

魯肅仔細看了看，肯定地答道：「是的。」

周瑜馬上脫衣服。

魯肅問：「都督您這是幹什麼？」

周瑜說：「我要好好招待一下這位有功之臣，牠想叮哪兒就讓牠叮哪兒。」

於是這隻間諜蚊疲倦地繞著周瑜飛了幾圈，最後降落到周瑜的鼻子上，在那兒叮了一口。

周瑜翻了翻眼，哼了一聲，然後用曹操的河南口音唸了一首詩——

蚊子嗡嗡叫，
給我送情報。
謝謝周都督，
情報很重要！

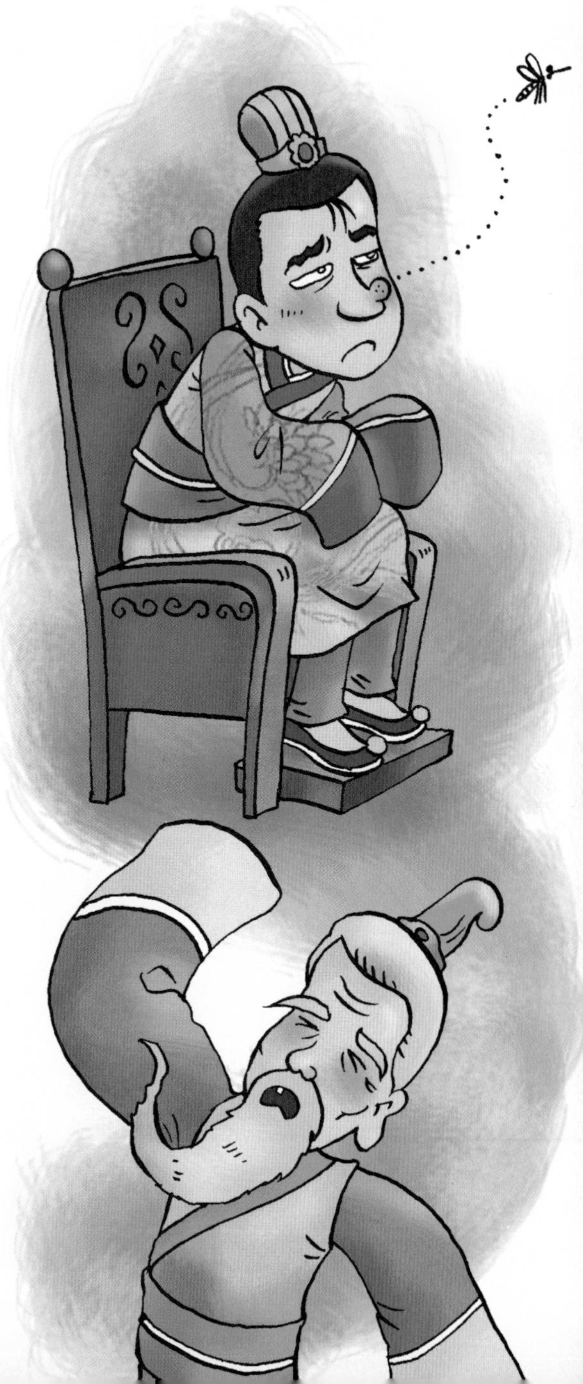

魯肅說：「糟糕，這蚊子飛到魏國去了。牠叮過您以後再去叮曹操，把我們的軍事秘密都洩露給人家啦！」

周瑜歎口氣，「牠可真是間諜蚊，不過成了魏國的間諜了。」

紅男綠女

神醫華佗巡迴行醫又到了蜀國。

於是各式各樣的病人聞風而來，上門求治。

一天，一個男子像風擺楊柳般地扭著腰，來到華佗的臨時診所。

「華醫生呀，」這男子嗲聲嗲氣地說，「您猜猜，我是來找您幹什麼的呀？」

華佗說：「你有點娘娘腔。你是想找我醫治你的娘娘腔，使你成為一個真正的男人，對不對？」

「才不是呢！」娘娘腔又扭了扭腰。「別人老是說我娘娘腔，討厭死了。為了不讓他們再叫我『娘娘腔』，我決定乾脆變性，徹底變成女人，這樣他們就不會嘲笑我啦。」

華佗沉吟了一會兒，說：「我這裡沒有變性藥物，不過以我的水準，可以很快研製出來。問題在於，你得拿定主意。變成女人，可別後悔。」

「喲，華醫生，您把我看成什麼人了！」

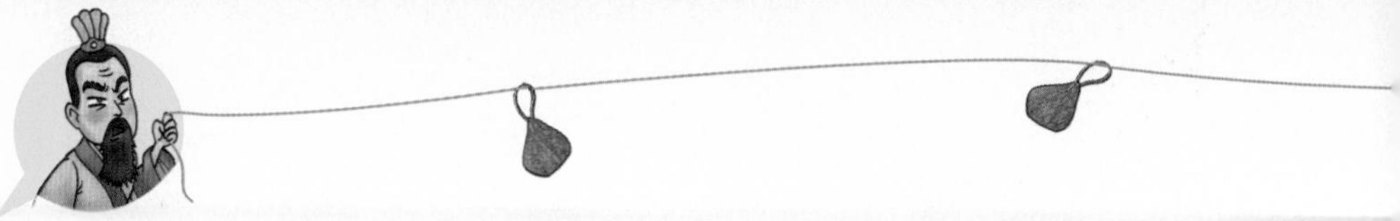

「那好，我就開始研製變女人的藥，三天後你來拿藥吧！」

可是只過了兩天，娘娘腔就又跑來找華佗了。

「華醫生呀，對不起……」

華佗說：「說好三天拿藥的，你這麼早跑來幹嘛？」

娘娘腔說：「對不起，華醫生，我不想變女人了。」

華佗皺起眉頭，「為什麼？」

「我把我想變性的事告訴了女同胞，她們堅決反對我變女人。」

「為什麼？」

「她們嫌我長得太醜，不許我加入她們的行列。她們說女人是一道風景線，而我會大煞風景，造成視覺污染，使男人對女人再也提不起興趣。」

華佗說：「我可以幫你整容，使看到你的男人不會嘔吐。」

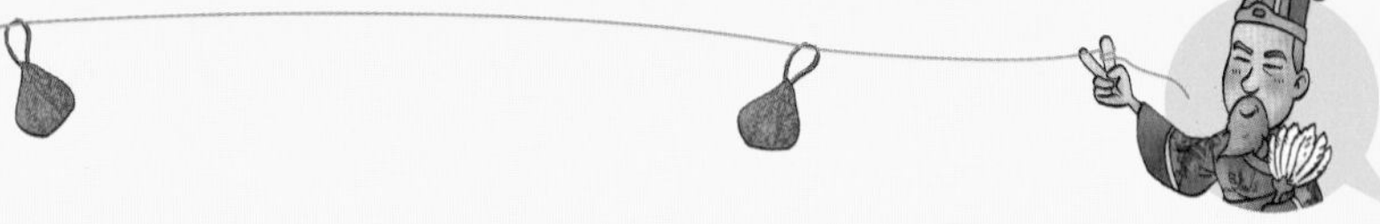

可是娘娘腔說：「整容要花很多錢，我捨不得，我還是做我的娘娘腔男人吧！」

他一扭一扭地走掉了。

華佗自語：「看來只研製由男變女的藥是不夠的，還得有由女變男的藥。否則，如果有男人變成了女人之後後悔，要我還給他男兒身，我就沒轍啦！」

於是華佗研製出成套的變性藥丸。變男人的藥丸是紅的，變女人的藥丸是綠的，所謂「紅男綠女」。

給人服用之前，先做動物試驗。

華佗找來一隻公雞，讓牠吞下綠丸……

張飛來找華佗要醒酒藥，驚訝地目睹了公雞變成母雞的過程——

先是雞冠變小，尾羽縮短，然後這隻變性雞焦急地在屋裡轉著圈。

「牠找什麼？」張飛問華佗。

華佗說：「牠在找窩，下蛋的窩。三將軍，你借個窩給牠下蛋吧！」

「我哪有窩？」

「你的頭盔挺合適。」

張飛摘下頭盔放在地上，那雞「噗！」地跳了進去。

這隻曾經是公雞的母雞下蛋很沒有經驗，牠憋了又憋，臉憋得通紅……

終於憋出一枚小小的蛋，「咯咯嗒！咯咯嗒！」變性雞興奮地叫著跳著跑出門去。

張飛拾起雞蛋，戴上頭盔，對華佗說：

「雖然蛋生得小一些，已經很不容易啦！」

但跑出門去的那隻變性雞再也沒有回來。

華佗到處找他的雞，竟然毫無蹤影。

華佗找到張飛那兒。張飛剛吃過飯，打著飽嗝。

「三將軍，」華佗打聽道，「看見我的雞沒有？」

「就是用我的頭盔下蛋的那隻雞嗎？沒看見。」張飛說。

華佗聞見張飛的喉嚨裡散發出雞的氣息。

「三將軍，你吃的什麼？」

「雞。」

華佗猜測道：「會不會……

我的雞跑進雞群裡，被廚師殺了，又被你吃了？」

「那，得問問廚師。」

「不用問廚師，牠在你體內應該能引起一些反應的。」

「什麼反應？」張飛害怕起來。

華佗盯著張飛不再說話。

張飛的鬍子開始脫落……

他摸摸臉，發現皮膚變得細嫩光滑。

他不敢開口了，生怕發出女人的聲音。

「很好，」華佗滿意地說，「像三將軍這樣最有男子氣概的人都受了影響，說明我的變性藥非常有效。」

華佗接著取出一顆紅丸讓張飛服下，恢復了他的皮膚和鬍子。

在蜀國研製成功的變性藥丸流傳到了吳國。

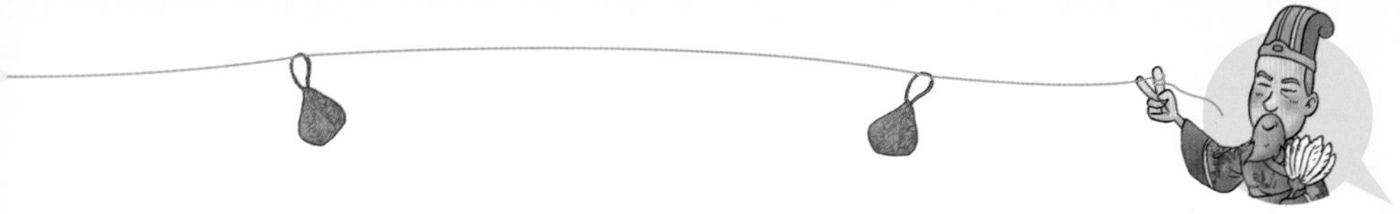

周瑜的肺有問題，所以動不動就吐血。這天他吃了治肺病的藥，剛想躺一會兒，忽然看見一個青年男子從他夫人小喬房中走出。

周瑜起了疑心。他問青年男子：「你是誰?!」

青年男子反問道：「你看我是誰？」

此人面貌英俊，舉止瀟灑，周瑜覺得似曾相識，卻又怎麼也想不起來。

青年男子便自我介紹：「我是新上任的吳國大都督。」

周瑜這才發現——「他竟然穿著我的衣服，佩著我的寶劍！」

「來人哪！」周瑜一聲大喊，要捉拿神秘刺客。

不料青年男子哈哈大笑，笑得上氣不接下氣。

周瑜不解，「你笑什麼？」

青年男子說：「我笑你越來越近視，連自己的老婆都不認識了。」

「你說你是小喬？」周瑜湊近此人看了又看。「眉眼有點像，但聲

音不像，我的妻子不會是個男人吧？」

「科技在進步，有什麼不可能？我弄到兩顆變性藥丸，想跟你玩玩。先吃紅丸變成男人，等到要變回女人時再吃綠丸。」小喬調皮地說。

「有這種事？哈哈——」

周瑜剛要大笑，忽然想到什麼。「小喬，我治肺病的藥丸，妳剛才是放在了桌上？」

「不，」小喬說，「我放在茶几上了。」

「那，桌上的黑藥丸不就是治肺病的藥丸嗎？」

「你這近視眼，你吃的藥丸不是黑的，是綠的，就是那種能把男人變成女人的變性藥丸呀！」

周瑜大驚失色，「這怎麼辦？我怎麼能變成女人?!」

「這有什麼不能的？」小喬倒不慌不忙。「我就做你的丈夫，你就做我的妻子，我們仍舊是夫妻呀！」

「不行！」周瑜堅決反對，「我不當都督，吳國的安全無法保證。」

小喬說：「你怎麼知道我不能當都督？你怎麼知道我沒有軍事才能？」

周瑜急了，「妳當都督，大家也不服妳呀！」

小喬說：「大家都說我們倆有夫妻相，長得很像，我當都督大家不會

覺得有什麼兩樣的。」

這時魯肅走了進來，他對穿著周瑜衣服的小喬說：「都督，我們剛剛抓到一名魏國奸細，請您去審問。」

小喬答應一聲，起身就走。

周瑜忙說：「應該我去！」他的嗓音已完全失去了陽剛之氣。

魯肅對周瑜勸阻道：「夫人不宜參與軍機大事，我老婆就是老老實實待在家裡的。」

這可把周瑜氣得七竅生煙。

周瑜趕緊去買變性藥丸，想把自己立即變回來。可惜這種藥在市面上已經缺貨，下一批貨運來還要等一個月。

周瑜只好躲在家裡做了一個月女人。

終於盼到第二批變性藥丸。

周瑜給自己買了紅丸，當場服下，變成男人。

他又買了綠丸帶回家去，好讓小喬也變回來。

「快，親愛的，」周瑜拿著綠丸催促小喬，「恢復妳的似水柔情吧，我真不習慣妳當男人。」

「可是我已經習慣了。」小喬說。「一個月來，我完全適應了都督的工作。在家裡，我也學會了你的大男人主義。做一個男人，實在是感覺好極了。」

這可把周瑜急壞了。「小喬，我保證放棄大男人主義，妳還是做妳的女人吧！妳看，兩個男人怎麼

做夫妻呢？」

小喬說：「我聽說外國就有這樣的同性戀家庭。」

周瑜可不願意自己的家庭成為吳國第一個同性戀家庭。

「那，」小喬說，「給你一個月考驗期。一個月裡，如果你表現良好——」

正說著，外面傳來魯肅的稟報：「諸葛先生應邀來到！」

「諸葛亮來啦？」周瑜吃驚地問小喬，「誰請他來的？」

小喬說：「我呀。根據我們得到的情報，曹操又要向我國發動進攻，我便以你的名義請諸葛先生前來共商破敵大計。」

周瑜懇求小喬：「我一個月沒當都督了，今天你就讓我過把癮吧！」

小喬答應了。

「不過，」小喬提出，「如果你當都督沒有我當得好，你還得讓給我當。」

周瑜接見了諸葛亮。

諸葛亮說：「曹兵再度來犯，不知都督有何打算？」

周瑜說：「我早已胸有成竹，只需貴國援助一批物資。」

諸葛亮說：「蜀吳乃唇齒之邦，共同抗曹責無旁貸，都督儘管明說。」

周瑜說：「如今急需貴國出產的變性綠丸十萬顆……」

戰鼓震天，旌旗招展。魏吳兩國開戰了。

兩國軍隊排成橫隊，一個對一個，你瞪著我，我瞪著你。

按照周瑜的指示，吳國士兵齊聲高喊：「吳國必勝！吳國必勝！吳國必勝！」

魏國士兵不甘示弱，立刻更大聲地喊道：「魏國必勝！魏國必勝！魏

國必勝！」

等到魏國士兵要喊最後一個「勝」字時，吳國士兵每人取出一顆綠丸，不偏不倚地投進對方的喉嚨。

十萬魏兵全都變成了女性。

這是周瑜的計策，用變性藥丸削弱魏軍的戰鬥力。

親自督戰的曹操一看此情，趕緊將兩句口號傳達到全軍。

於是魏國的女兵們對著吳國的男兵們高喊口號——

雞不跟狗鬥！

男不跟女鬥！

女兵們喊著口號向前挺進，男兵們立刻亂了陣腳。

於是吳軍不得不表現出男人的紳士風度，不得不節節敗退了……

在這關鍵的時候，蜀國的飛雞飛來了。

張飛駕駛著飛雞，向整個戰場撒下藥粉。這是諸葛亮委託華佗研製的男女通用的第二代變性藥。

鼻孔裡吸進了藥粉，雙方士兵大打噴嚏。

噴嚏過後，男兵變成了女兵，女兵變成了男兵。

吳國的女兵們高喊「**雞不跟狗鬥，男不跟女鬥**」，向魏國的男兵們發起反攻。

現在輪到魏軍節節敗退了……

周瑜這次都督沒當好，垂頭喪氣地回家去。

他擔心小喬要跟他算帳，不讓他再當都督，不讓他再當丈夫……

生物入侵

魯肅急匆匆進了都督府。

「都督！周都督！」

可是找不到周瑜的蹤影。

夫人小喬聞聲走出，她告訴魯肅：「都督在後花園呢！」

魯肅又跑到後花園，果然看見周瑜拿著噴壺，在給一株植物澆水。

「哎呀我的大都督，」魯肅埋怨道，「國家到了最危急的時候，您還

有閒情逸致養花種草！」

「國家又怎麼啦？」周瑜故意裝糊塗。

魯肅說：「據最新情報，魏國又將向我國進攻，麥收後就要動手。」

周瑜還在不慌不忙地澆水，他問魯肅：「你仔細看看這棵植物，有什麼特別的地方？」

魯肅只得耐心觀賞……「咦，這棵植物好奇怪，下面像麥子，上面像蒲公英。」

周瑜說：「這是一株寄生蒲公英。它的種子隨風傳播，喜歡寄生在麥子上。麥子的養分就會被這種寄生植物搶走，麥子就不能抽穗，就沒有收成了。」

「這麼厲害！」魯肅吃驚地問：「它就沒有天敵嗎？」

「有天敵的。」周瑜說。「有一

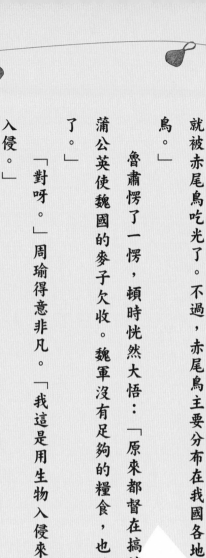

種赤尾鳥，它專吃寄生蒲公英的種子。往往這些種子還沒來得及起飛，就被赤尾鳥吃光了。不過，赤尾鳥主要分布在我國各地，魏國沒有赤尾鳥。」

魯肅愣了一愣，頓時恍然大悟：「原來都督在搞試驗，想用寄生蒲公英使魏國的麥子欠收。魏軍沒有足夠的糧食，也就無力進攻我國了。」

「對呀。」周瑜得意非凡。「我這是用生物入侵來遏制魏國的軍隊入侵。」

「可是，」魯肅又問：「如果寄生蒲公英的種子從我國境內起飛的話，能否保證它們深入魏地，大面積成活？是不是還要請諸葛亮再來借一次東風，把種子吹到魏國去？」

不到萬不得已，周瑜是不會請諸葛亮來「長他人志氣，滅自己威風」的。

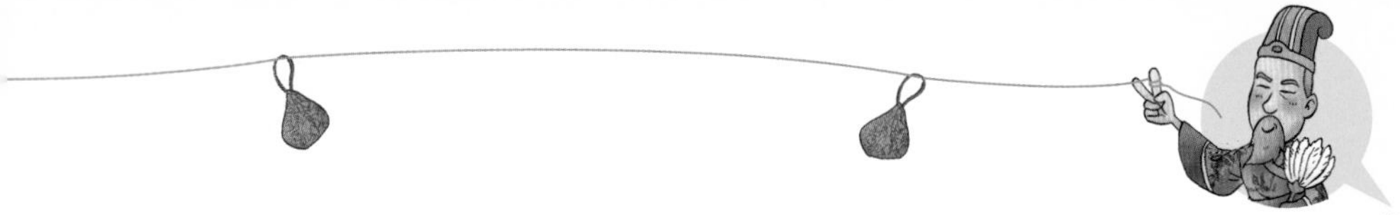

周瑜說：「一些植物會利用動物把自己的種子攜帶到遠方，我也可以找一個種子攜帶者。」

「您打算找誰？」

「曹操的謀士蔣幹。」

「蔣幹肯幹這種事嗎？」

周瑜說：「那些動物也不是自願攜帶種子的，牠們是在不知不覺的情況下傳播了種子。」

於是周瑜組織了一次老同學聚會。

來賓們差不多都到齊了，大家要為友情乾杯了。

周瑜說：「慢！我們還是等一等蔣幹吧！」

有位同學說：「魏國那麼遠，不知蔣幹會不會來。」

周瑜嘟囔道：「如果蔣幹不來，這次聚會也就失去意義了。」

老同學們面面相覷——「這個腦子像漿糊的蔣幹真有這麼重要嗎？」

正在這時，門外響起了驢叫聲。

周瑜大喜：「謝天謝地，蔣幹來了！」

周瑜為老同學們安排了吃喝玩樂……

最後那頓吃的是火鍋。

周瑜悄悄吩咐火鍋店老

闆：「給我拚命加辣！」

老同學們吃得汗流浹背滿臉通紅。

按照事先的布置，這時魯肅出現了，他對客人們說：「大家覺得太熱的話，可以把帽子脫下來，交給我保管。」

所有的帽子都摘下了，所有的腦袋都跟蒸籠一樣冒熱氣。

魯肅在蔣幹的帽子裡放進一粒寄生蒲公英的種子。

等到腦袋上不再冒熱氣了，老同學們又將帽子戴上。

周瑜與大家一一告別。

他特別叮囑蔣幹：「一路保重，保護好你的頭，不到魏國不要脫掉你的帽子。」

蔣幹感動地答應著。

周瑜還是不放心，親自將蔣幹送到魏吳邊界。

蔣幹上了驢，向周瑜拱拱手。「送君千里，終有一別，公謹請回

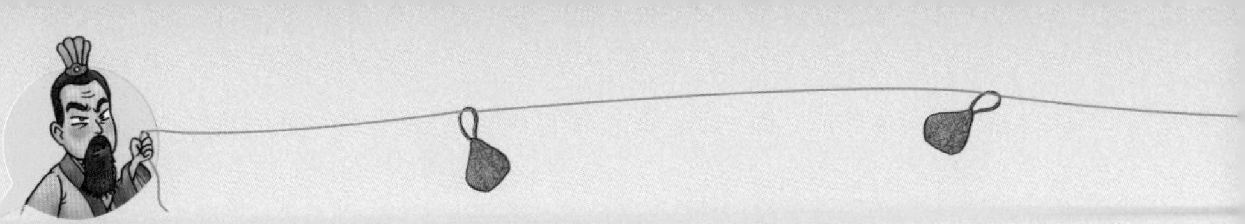

吧！」

這時只聽「噗！」的一聲，蔣幹的驢拉了一泡屎。

蔣幹騎著驢返回魏國。

他老老實實地按照周瑜的囑咐，保護好自己的頭，不脫掉帽子。來到丞相府前，眾謀士招呼蔣幹：「蔣兄啊，曹丞相買了一盆名花，召集我們一起去賞花做詩呢。」

蔣幹跟著眾人進府，見到曹操和他的那盆花。

曹操說：「好花得接上好詩，咱們一人一句往下接。」

曹操便起了個頭：「花在盆裡栽……」

輪到蔣幹了，他抓著後腦苦思冥想。一抓抓到帽子上，抓出了靈感。第二句便是：「帽在頭上戴。」

作第三句詩的謀士只好順著「帽子」往下接了。他摘下蔣幹的帽子——「帽子摘下來……」

另一位謀士拿過帽子掛在花枝上，他巧妙地將帽子比作花朵——「枝頭新花開。」

這時，帽子裡的寄生蒲公英的種子滾落下來。

幾天後，這株菊花上長出了蒲公英的葉子，又引得曹操詩興大發……

曹操是怕風的，一吹風就頭疼，所以總是將門窗緊閉。這樣，寄生蒲公英的種子就沒有機會飄散到田野上，魏國的麥子總算沒有遭殃。

再說吳國。

周瑜萬萬沒有想到的事情發生了。

不久後的一天，周瑜和魯肅到田野裡散步，這時正是稻花飄香的季節。

忽然魯肅驚呼：「都督，您看！」

近視眼周瑜彎腰細看，只見稻田裡布滿一種奇怪的植物，它向四周伸出長長的藤兒，一圈圈地將稻子捆綁起來。

周瑜掐下一截藤子，急忙回到書房。

他在書櫃裡翻了半天，終於找到這樣一段文字：

> 千尺藤，又名「給你擁抱」。產於魏國。生長迅速，會用長藤將農作物纏繞至死。它會利用食草動物的排泄將自己的種子傳播到四方。

周瑜立刻想到一種食草動物——蔣幹的驢。

「糟糕，」周瑜暗暗叫苦，「真不該請蔣幹來的！」

周瑜繼續翻書，想知道千尺藤有什麼天敵。

他終於發現有這樣一種可愛的動物——

食藤鼠，又名「田野理髮師」。產於蜀國。牙齒鋒利，喜食各種藤類植物。

周瑜趕緊把魯肅叫來，吩咐他：「你快去蜀國進口食藤鼠！」

「好的。」

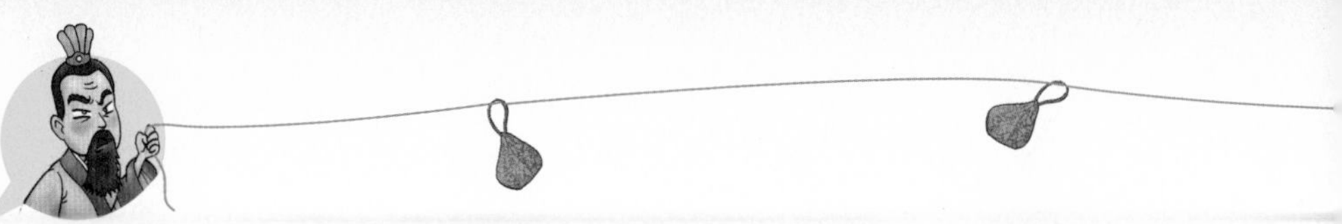

「如果不能完成任務，你得自己擔任田野理髮師，用牙齒消滅千尺藤！」

魯肅是個辦事牢靠的人，他沒讓周瑜失望，很快從蜀國引進了一百頭食藤鼠。

「不過，」周瑜說，「數量實在太少了。現在整個吳國的稻田都被千尺藤占領了，一百隻老鼠怎麼對付得過來。」

魯肅說：「據諸葛亮介紹，這種老鼠繁殖力很強。只要有足夠的食物，牠們很快便能百變千，千變萬……」

魯肅將一百頭食藤鼠配成五十對，投放到各處農田。

食藤鼠的食物太充足了，牠們就一邊消滅千尺藤，一邊生兒育女。

到吳國的千尺藤被全部消滅時，食藤鼠家族已經猛增至十萬頭。

十萬頭食藤鼠無藤可食，就開始消滅莊稼了……

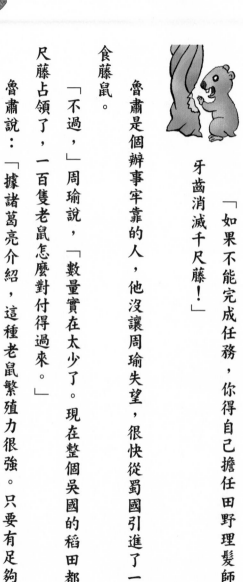

周瑜氣急敗壞地跟魯肅商量：「老鼠的天敵是什麼？」

魯肅說：「是貓。」

於是周瑜向全國百姓發出通告——

緊急通告

由於食藤鼠的失控，吳國到了生死關頭。大饑荒即將爆發。吃不飽飯的士兵打不動仗，魏國軍隊將輕而易舉地占領吳國。為此需要大家踴躍獻貓。將對滅鼠積極的貓實行「滅一送二」的獎勵，即吃掉一百隻老鼠我們可以贈送兩百隻老鼠。機不可失，心動不如行動。

大都督周瑜

所有養貓的人家都把貓獻了出來，沒有養貓的人家找來野貓。

家貓野貓齊上陣，爭著為國立大功。

但遺憾的是，吳國的貓打不過蜀國的老鼠。所有的家貓都逃回了主人家。所有的野貓依然無家可歸，牠們只好抓些吳國的老鼠來獎勵自己。

周瑜又到書房翻書。

他嘟囔著：「書中自有顏如玉，書中自有黃金屋，書中自有食藤鼠的剋星……」

在周瑜仔細翻書的時候，魯肅跑了進來。

「都督，都督！我想到辦法了！」

「什麼辦法？」

我們的糧食被食藤鼠吃光以後，我們的士兵將無力打仗，無力抵抗魏國，對不對？」

「對呀！」

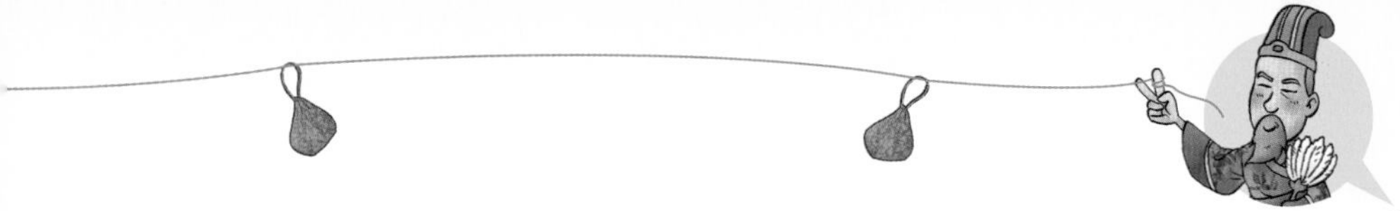

「我想，趁現在還剩一點糧食，讓我們的士兵先打一仗。」

周瑜不以為然，「靠這點糧食去打魏國？」

魯肅說：「不是打魏國，打的是捕鼠之戰。我們捕獲了大量老鼠以後，就可以有食物因而有體力與魏國對抗了。」

「你是說，我們可以用老鼠當軍糧？」

「是啊！」

「以後吳國人民就像貓一樣靠吃老鼠過日子了？」

「這也是沒辦法的辦法呀！」

「我已經找到更好的辦法了。」周瑜說。「趁我們還沒跟魏國打仗，可以趕緊從魏國進口一種東西。」

「什麼東西？」

「蛇，一種七星黑蛇。我查過書了，七星黑蛇除了吃青蛙，也吃食藤鼠。」

「那好，我再去魏國跑一趟。」

魯肅立刻動身。

接下來，在吳國境內，魏國的七星黑蛇與蜀國的食藤鼠展開激戰。

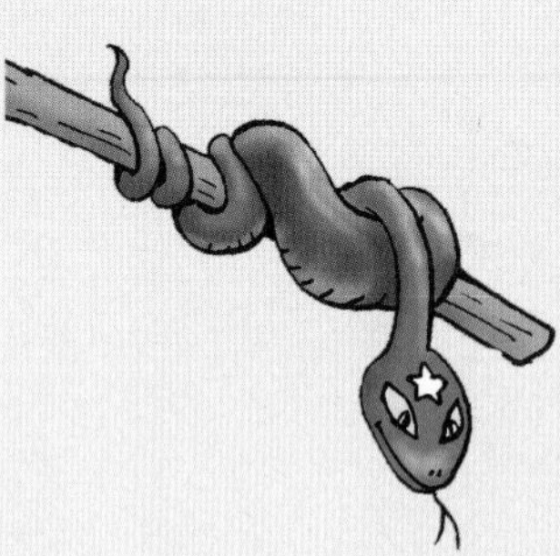

最後七星黑蛇大獲全勝。

七星黑蛇吃完了來自蜀國的老鼠，又開始吃吳國的老鼠，於是吳國百姓家家戶戶的屋樑上都盤繞著一條條黑蛇了。

魯肅又來找周瑜：「都督啊，眼看我們吳國要成為傻子國了。」

周瑜問：「怎麼會呢？」

魯肅說：「孩子們都被那些蛇嚇傻啦！」

「別慌，」周瑜說，「我又在書中找到了辦法。」

「又要引進動物嗎？」

「對。」

「什麼動物？」

「蛇。」

「怎麼又是蛇？！」

周瑜說：「在蜀國的蛇類中最近流行一種脫皮

症。在蛇的生長過程中要多次脫皮的，但患了脫皮症的蛇再也長不出新皮，蛇就會死去。我們只要從蜀國進口一些病蛇，讓牠們把脫皮症傳染給七星黑蛇，我們的孩子就再也不會被蛇嚇傻啦！」

魯肅的鞋已經跑破了，他換了一雙新鞋，再次前往蜀國。

魯肅帶著蜀國的病蛇回到吳國。

這種蛇類脫皮症很有效，不但七星黑蛇全部傳染上了，連吳國的本土蛇也全都得了病。

不久，吳國成了無蛇國。

被嚇傻的孩子們漸漸恢復了智力。

周瑜設宴歡慶，總算「國有寧日」了。

宴會上，心情極好的周瑜很難得地為大家吹起笛子。

笛聲悠揚，使人飄然欲飛。

忽然，魯肅驚叫起來：

「都督您瞧！」

周瑜掃興地停止吹笛，

「瞧什麼？你明知我是近視眼！」

魯肅說：「剛才笛聲響起的時候，我看見有兩隻老鼠跑出來翩翩起舞。」

「老鼠？」周瑜緊張了，「是不是食藤鼠？」

「正是食藤鼠……哦，不，我說錯了。」

「不是食藤鼠？」周瑜鬆

口氣。

但魯肅要說的是：「不是兩隻食藤鼠，而是三隻食藤鼠……不不不，不止三隻，有四五隻……六七隻……」

少數幾隻蛇口餘生的食藤鼠，在沒有天敵威脅的情況下，又迅速地繁殖起來了。

周瑜拔出寶劍，帶領所有赴宴的賓客，追殺這群漏網的老鼠。

但老鼠們東躲西藏，十分靈活地避開刀劍。

這時空中響起彈琴聲。

張飛駕駛著飛雞，諸葛亮在飛雞上彈著瑤琴。

諸葛亮彈的是誘鼠曲，所有的食藤鼠浩浩蕩蕩地跟在飛雞後面狂奔。

飛雞飛過一條大河。

食藤鼠們沒有止步，全部下了河，雖然

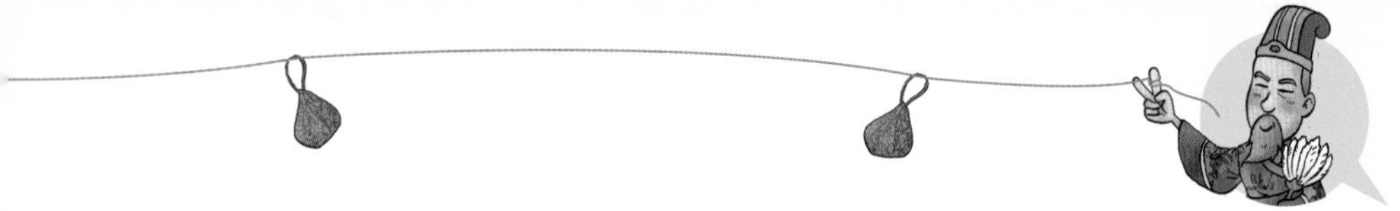

牠們不會游泳……

飛雞飛走了，琴聲遠去了。

周瑜又喜又惱。喜的是來自境外的生物入侵總算畫上一個句號了，惱的是這個句號竟然又是諸葛亮畫的。

跑累了的周瑜回到府內，剛想休息一會兒，魯肅又來稟報：「都督，您的老同學蔣幹又來了。」

周瑜問：「他還騎著驢嗎？」

魯肅說：「是的。」

周瑜驚慌地下令：「攔住那驢，讓牠餓上三天，空腹入境！」

小喬的頭髮廣告

周瑜夫人小喬有一頭光亮如鑒的黑髮。

「鑒」就是鏡子，就是說周瑜可以把小喬那光亮的頭髮當鏡子照。但這不等於說周瑜家裡就不需要買鏡子了，因為小喬的頭髮可以給周瑜當鏡子照，周瑜的頭髮卻不能給小喬當鏡子照。

終於有一天，事實證明，小喬的頭髮不僅僅只能給周瑜派上用場。

那天來了個很和氣的男人。

「我是個商人，我叫白不賺。」那人自我介紹道。

周瑜說：「你這名字好奇怪，做商人卻『不賺』。」

白不賺解釋說：「我原來叫『白賺』，後來自己把名字改了。因為我認為最快樂的是交朋友，而不是賺錢。」

「看來你是個好商人。」周瑜嘟噥道。「你是來跟我交朋友的嗎？」

白不賺說：「我是來找小喬夫人的。」

「對不起，」周瑜警惕地說，「我夫人不善跟商人交朋友，我能做她的代表嗎？」

「當然可以。」

「你想推銷什麼？服裝？首飾？化妝品？言情小說？這些東西她都不缺，夠用半個世紀的了。」

白不賺說：「我做洗髮精生意，但不是來推銷洗髮精的。我想請小喬

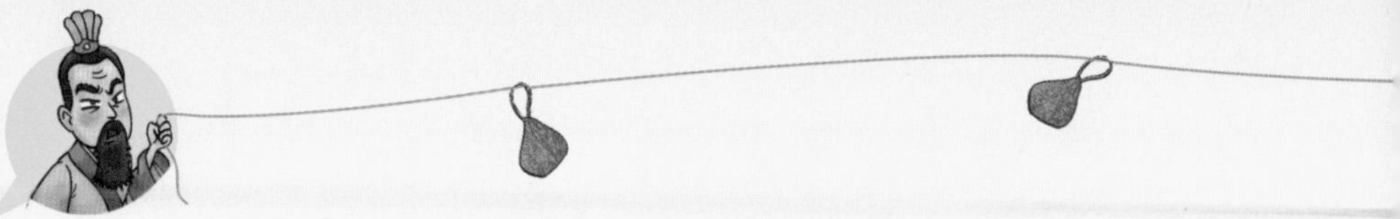

夫人幫個忙。」

周瑜問：「無償的還是有償的？」

「她將得到優厚的報酬。」

「好吧，你說說看，幫什麼忙，會不會很累，很麻煩？」

「一點也不累，一點也不麻煩。不用她動手、動腳、動腦子。您先瞧瞧這個。」

白不賺取出一個瓷瓶遞給周瑜。

周瑜看見瓷瓶上有小喬的肖像，還有「**小喬洗髮精**」幾個字。

周瑜說：「小喬從來不用這種洗髮精。」

白不賺說：「她可以不用這種洗髮精，但這種洗髮精要用她。」

周瑜沉默了一會兒，問：「那報酬怎麼算？」

「一千瓶小喬洗髮精。」

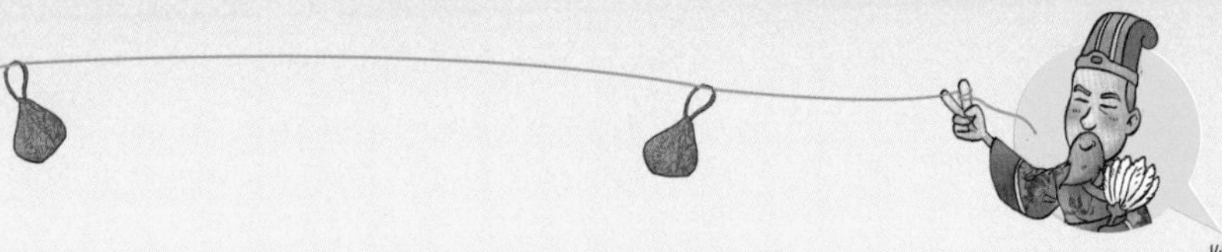

「再加一點吧！」

「那就一千五百瓶。」

一千五百瓶小喬洗髮精運到都督府。

小喬說：「這麼多洗髮精，猴年馬月用得完？」

周瑜說：「送些給妳姐姐吧！」

於是分了一半給大喬。

大喬也嫌多，幸虧她養了狗，一天要給狗洗三次澡，可以用小喬洗髮精。

小喬洗髮精在小喬美麗形象的影響下熱銷全國。

但用了小喬洗髮精的小喬卻不如以前那麼美麗了。

小喬的頭髮失去了光澤，周瑜不能再用小喬的頭髮當鏡子了。

小喬向周瑜抱怨：「你算是把我毀了，現在我的頭髮像稻草一樣枯黃……」

大喬也抱著狗上門訴苦——她的白狗變成了黃狗。

周瑜要找白不賺算帳，可這狡猾的商人不知藏哪兒去了。

周瑜吩咐魯肅起草文書通緝奸商。魯肅很願意做這事，因為他也從周瑜手上分到幾十瓶洗髮精，害得他老婆變成黃毛女。

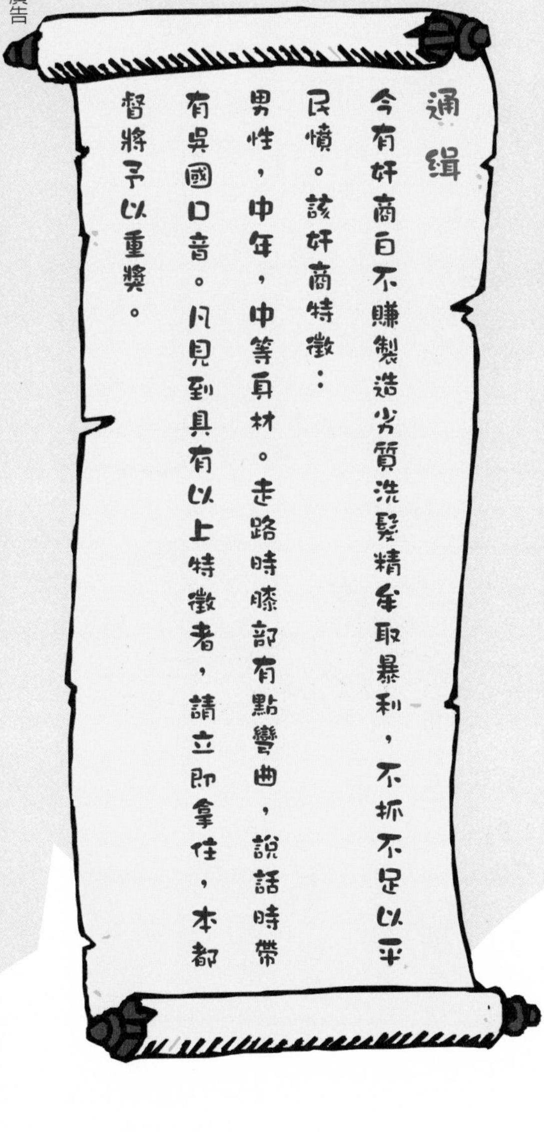

通緝
今有奸商白不賺製造劣質洗髮精牟取暴利，不抓不足以平民憤。該奸商特徵：
男性，中年，中等身材。走路時膝部有點彎曲，說話時帶有吳國口音。凡見到具有以上特徵者，請立即拿住，本都督將予以重獎。

寫到這裡，魯肅問周瑜：「獎金的數額也要寫上去吧？」

「獎金？」周瑜想了想，「還是發獎品吧！」

「什麼獎品？」

「咱們沒用完的洗髮精還有幾百瓶吧？羊毛出在羊身上，就用這個發獎吧！」

周瑜又將通緝文書看了幾遍，說：「最好畫出奸商的面容，不然的話，抓來的嫌疑犯恐怕會有很多。」

魯肅說：「我沒見過白不賺，沒法畫。」

「那就讓你見一見吧！」

周瑜吃驚地抬頭——說話的正是白不賺。

周瑜問白不賺：「你是自首來啦？」

白不賺說：「我不是奸商，別冤枉我。」

「你的洗髮精把黑頭髮洗成黃頭髮，把白毛狗洗成黃毛狗，騙了大家的錢，還說你不奸？」

「你們不知道，在外國，金髮女郎被認為最漂亮，所以黑髮女郎、灰髮女郎、棕髮女郎、紅髮女郎都把自己的頭髮染黃了。」

「你的意思是說，你的洗髮精使我們女同胞的頭髮與國際接軌了？」

「是啊是啊！」

周瑜便撕掉通緝文書，問白不賺：「今天你又來幹什麼？」

白不賺說：「我還是要找小喬夫人幫忙。」

周瑜說：「那我還是當她的代表吧！」

白不賺取出一個瓷瓶遞給周瑜。

周瑜看見瓶上仍有小喬的肖像，但小喬的頭髮已是黃色。

周瑜唸出瓶上的字——

小喬染髮水

「你轉產啦？」周瑜問。

白不賺說：「基本成分跟以前差不多，改了名，名正言順，省得顧客找我麻煩啦！」

「那，」周瑜提出，「這次小喬的肖像授權不能那麼便宜了。」

「您開價多少？」

「兩千瓶。」

「行，成交！」

在金髮小喬的引領下，小喬染髮水比小喬洗髮精更加風靡。吳國上下，凡是女人成堆的地方，望過去就像一片成熟的稻田。

但小喬又來向周瑜抱怨了：「你瞧瞧我的頭髮，不但發黃，還往上翹，往上捲，亂七八糟的，梳也梳不平！」

周瑜找來白不賺，向他質問。

白不賺說：「您反映的資訊很有用，我可以把我的產品再改一次名。」

「改成『**小喬捲髮水**』？」

「多好啊！」

「那你的包裝瓶上還得使用小喬的捲髮肖像？」

「當然。」

雙方立即說定：小喬捲髮肖像的報酬是兩千五百瓶小喬捲髮水。

這天，神醫華佗巡迴行醫又到了吳國。

他看見吳國婦女的頭髮又黃又捲，十分驚奇。

「怎麼會這樣的？」華佗向一位婦女詢問。

那婦女便讓華佗看裝捲髮水的瓶子和瓶子上小喬的捲髮肖像。

華佗匆匆趕往都督府。

他焦急地對周瑜說：「我必須立刻見到小喬夫人，為了包括她在內的吳國婦女的健康。」

周瑜知道華佗不會危言聳聽的，便趕緊叫小喬出來相見。

華佗揪了揪小喬的頭髮，看看她的頭皮，神情嚴肅地說：「夫人，劣質產品的毒素已開始進入您的體內，如不採

取果斷措施，將會造成神經麻痺，全身癱瘓。」

小喬十分震驚：「華醫生，需要採取什麼措施？」

華佗說：「得把您的頭髮全部剃掉，以阻斷毒素。」

「天哪！！」

小喬不願意剃掉頭髮，但她更不願意全身癱瘓。

於是不得不割捨青絲，「六根清淨」。

小喬剃掉頭髮的事立刻傳遍吳國。一夜之間，吳國的金髮女郎全都成了光頭。

周瑜吩咐魯肅：「你帶兩個兵，去把白不賺請來。」

魯肅不解：「既然是請他，帶兵幹什麼？」

周瑜說：「他一定不肯來的。如果不肯來，那就先禮後兵。」

「是！」

過了一會兒，魯肅和兩個兵把白不賺帶來了。

周瑜問白不賺：「知道為什麼請你來嗎？」

白不賺打著哆嗦，「知……道。」

周瑜冷笑一聲，「你一定不會知道的。」

周瑜取出一頂帽子給白不賺看，「你知道這是什麼嗎？」

白不賺說：「像是尼姑戴的帽子，但比尼姑的帽子好看些，上面綴了花。」

周瑜哈哈大笑。

周瑜說：「這是小喬戴的帽子，她出門不能光著頭。我已經將這種帽子趕製了十萬頂。在小喬出門的時候，後面會跟著一輛賣帽子的車子。」

白不賺驚呼：「好點子，肯定賺大錢！」

周瑜感謝地說：「是你幫我培育了市場，造成這麼多女光頭。我是跟你學的。我會送你兩百頂帽子。」

魯肅說：「算是學費吧？」

臭皮匠與諸葛亮

諸葛亮正在鑽研飛雞的加速問題，聽見外面吵吵嚷嚷。

張飛氣沖沖地進來，他一手提著個男孩，一手提著個女孩。

「你幹什麼？」諸葛亮立刻制止張飛，「你不知道要保護青少年嗎？」

「先生呀，」張飛指著兩個孩子怒

氣不息，「他們在外面破壞您的形象，太可恨了！」

「他們怎麼了？」

「他們胡言亂語，唱著一首歌謠。」

諸葛亮和顏悅色地對孩子們說：「把歌謠唱給我聽聽吧！」

兩個孩子便開口唱道——

三個臭皮匠，

頂個諸葛亮！

他們翻來覆去地唱，越唱越起勁。

等孩子唱夠了，諸葛亮問他們：「是誰教你們唱的？」

兩個孩子說：「我們是跟別的孩子學的，很多人都會唱的。」

張飛對那個男孩說：「你爸爸一定是做皮匠的，你就想長皮匠的威

風。」

男孩說：「不是的，我爸爸不是皮匠。」

張飛又問女孩：「那你爸爸是皮匠？」

女孩說：「我爸爸也不是皮匠，我爺爺也不是皮匠，我家親戚也沒有幹這行的。」

「那，」張飛猜測著，「那一定是外國奸細來散布的歌謠，想貶低我們的軍師，動搖我們的軍心。」

諸葛亮笑著搖搖頭，他對張飛說：「我倒想將這三位皮匠請來，聽聽他們的治國高論。」

張飛說：「也不知他們姓什麼叫什麼，不知他們的皮匠鋪或者皮匠攤設在哪兒，沒法找到他們呀！」

諸葛亮說：「有辦法。」

他就教兩個孩子：「你們在歌謠後面再加兩句——『今天諸葛亮，要請臭皮匠』，會不會？」

兩個孩子說：「這太容易啦！」

他們就一邊跑出門，一邊高聲唱起——

三個臭皮匠，
頂個諸葛亮。
今天諸葛亮，
要請臭皮匠！

這首〈臭皮匠歌〉的增補版立刻傳遍蜀國的大街小巷。

當天下午，一個皮匠打扮

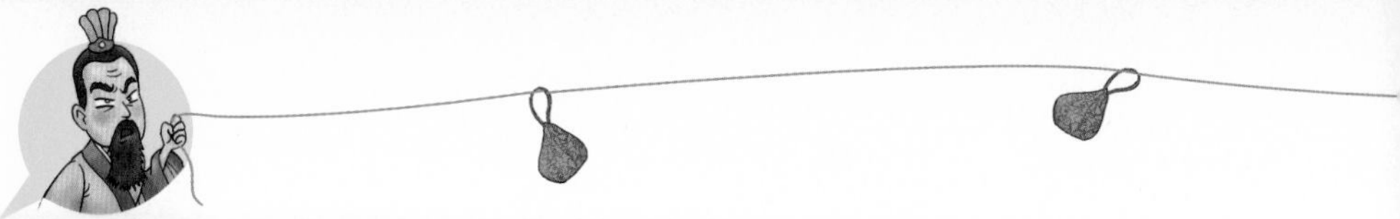

的老頭子帶著一套皮匠工具來到諸葛亮門前。

老頭子被張飛攔住了。

張飛上上下下地打量老頭子，說：「你倒挺像一個皮匠。」

老頭子說：「什麼『挺像』，我本來就是皮匠。——要不要給你釘個鞋掌？」

張飛本來一點也沒想要釘鞋掌，但為了識別對方是不是奸細，便答應：「那就釘吧！」

老頭子問：「你是要釘左腳還是右腳？」

張飛隨口道：「左腳吧！」

「釘前掌還是後掌？」

「前後掌都釘吧！」

老頭子便取出兩塊鐵掌給張飛釘上，釘得很專業。

「不過，」張飛說，「你必須既像一個皮匠，又不像普通的皮匠。」

「什麼意思？」

「你既然是一個三分之一的諸葛亮，就該非常聰明。」

老頭子問：「你能看得出我是不是非常聰明？」

張飛瞪大眼睛看了又看，搖頭道：「只有軍師有這個水準……」

他為老皮匠讓開路，說聲：「請吧！」

現在老皮匠坐在神機妙算的諸葛亮對面。

兩人互相觀察了一番——諸葛亮觀察老皮匠的臉，老皮匠觀察諸葛亮的鞋。

諸葛亮還沒說話，老皮匠先開口了：「諸葛先生，您想不想釘鞋掌？」

諸葛亮反問：「老師傅，您看我有這個必要嗎？」

老皮匠說：「請抬起腳來。」

諸葛亮乖乖抬起兩隻腳。

老皮匠將他的昏花老眼湊近諸葛亮的鞋底，指指點點地分析道：「您瞧，您的鞋底已經出現了薄弱區域，需要予以加強……」

諸葛亮眼睛一亮，「您的意思是，我們要注意防衛，不讓敵人有可乘之機？」

老皮匠笑道：「對付敵人是您的事，我只會對付鞋子……」

這時張飛在門口又迎來第二位客人。

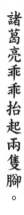

這是個十幾歲的男孩。

張飛問男孩：「你也是皮匠嗎？」

男孩說：「不信我給你釘個掌子試試。」

張飛左腳的鞋子已經釘了掌子了，男孩便給張飛釘右邊的掌子。

釘好了，證明這是個真正的小皮匠，張飛便讓小皮匠去見諸葛亮。

第三個皮匠不老也不小，是個中年人。

張飛有點慌了，「對不起，我沒有第三隻腳讓你釘掌子了。」

中皮匠說：「不要緊，我可以把釘好的掌子拔掉，讓你看看我的鐵鉗功夫。」

他立刻揮動鉗子，三下五除二地拔掉四隻釘得結結實實的鐵掌。

「如果還不相信我是皮匠，」他對張飛說，「我可以把四隻掌子重新給你釘上去。」

「不用不用！我相信了！」

晚上，諸葛亮和張飛碰了頭。

張飛問諸葛亮：「軍師，這三位真是高人嗎？」

諸葛亮沉吟著，「他們讓人琢磨不透。老皮匠似乎對防守頗有心得，中皮匠似乎擅長進攻，而小皮匠像是講究平衡。但也許他們只是普通的皮匠，拿不準……」

第二天，張飛匆匆來向諸葛亮稟報。

「軍師，曹操親率大軍，要來攻打我國了！」

諸葛亮說：「我當然不怕曹操，自有良策，但我想聽聽三位皮匠師傅的高見。你把他們請來吧！」

張飛答應著跑去客人房間。

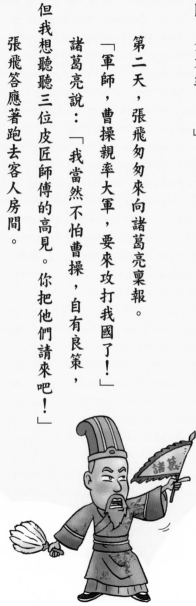

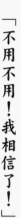

不一會兒張飛又跑回來，說：「他們不肯開門。」

諸葛亮問：「為什麼？」

「他們要開會。」

「好吧，那就等他們把會開完。」

大約過了可以釘好一百隻鞋掌的時間，三個皮匠來見諸葛亮了。

「三位師傅，會開完了？」

「開完了。」

「可有退敵妙計？」

「有的。」

老皮匠便說：「我們商量了一下，決定動員全國皮匠，給我們的士兵一人做雙鞋。」

張飛覺得不可思議：「這是什麼鞋，穿著就能打勝仗？」

小皮匠說：「今天晚上我們就能做出樣品。」

晚上，

張飛去找三個皮匠。

「師傅們，破敵之鞋做好了沒有？」

「做好了。」

桌上放著一雙鞋，看起來跟一般的軍鞋沒什麼兩樣。

張飛問：「我能穿穿看嗎？」

老皮匠說：「你穿吧！」

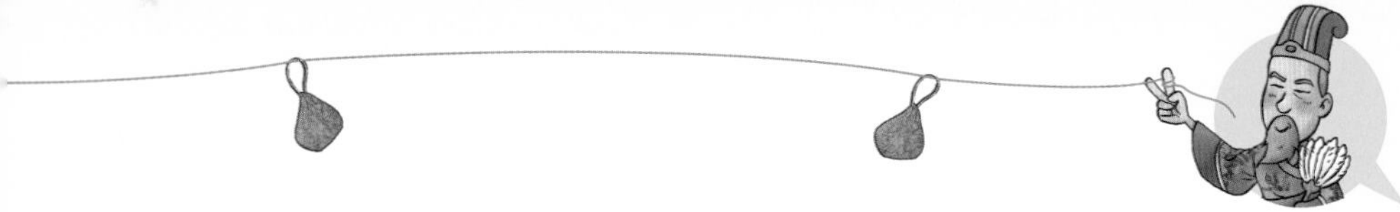

張飛穿上此鞋，並無特殊的感覺。

他問皮匠們：「是不是鞋上有個機關，能帶著人飛起來？」

老皮匠、中皮匠、小皮匠一起回答：「飛不起來的。」

「那，鞋裡到底有什麼奧妙？」

「這是軍事秘密，到時候您就會知道的。」

蜀魏開戰了。

蜀國的士兵們做好充分的準備，除了腳上穿了一雙鞋，腰裡又掖了一雙。

不過，不知怎麼搞的，雙方一交鋒，蜀國軍隊就開始敗退。

蜀兵在前面拚命逃，魏兵在後面拚命追。

逃兵的鞋子跑爛了，追兵的鞋子也跑爛了。

蜀兵就換上腰裡的那雙新鞋，繼續逃。

魏兵沒有新鞋，就光著腳丫繼續追。

蜀兵越逃越慌亂，把鞋子都跑掉了。

魏兵穿上蜀兵跑掉的新鞋，窮追光著腳丫的蜀兵。

前方出現一條小河。

光腳丫子的蜀兵逃過小河。

穿著新鞋的魏兵追過小河。

過河不久，魏兵紛紛倒地，抱著腳叫喚起來。

蜀兵立刻返回，將魏兵全部俘獲。

原來，蜀兵的新鞋是用一種很容易縮水的布料製成。一旦縮水，這種鞋子能讓人疼得無法走路。

三個皮匠立了大功。

諸葛亮問張飛：「有什麼感想沒有？」

張飛反問諸葛亮：「您有什麼感想？」

蟲子咬破了鍋

周瑜正在吃飯。

魯肅跑進來說：「都督呀，您還在吃飯呀！」

周瑜覺得奇怪，「怎麼啦，我不能吃飯嗎？」

魯肅說：「您應該有點同情心——人家已經吃不成飯了。」

「誰吃不成飯了？」

「蜀國人，因為蜀國爆發了蟲害。」

「蝗蟲把他們的莊稼啃光了？」

「不是蝗蟲，是一種鐵蛀蟲，專啃鐵器，蜀國人的鐵鍋都被啃得一個洞一個洞的，不能煮飯啦！」

「那，蜀國人吃不成飯了，他們吃什麼？」

「只好吃燒烤。」

「整天吃燒烤也不行吧，容易上火。」

「那有什麼辦法，他們沒鍋了。」

周瑜忽然露出笑容，「諸葛亮也在過著這種日子吧？」

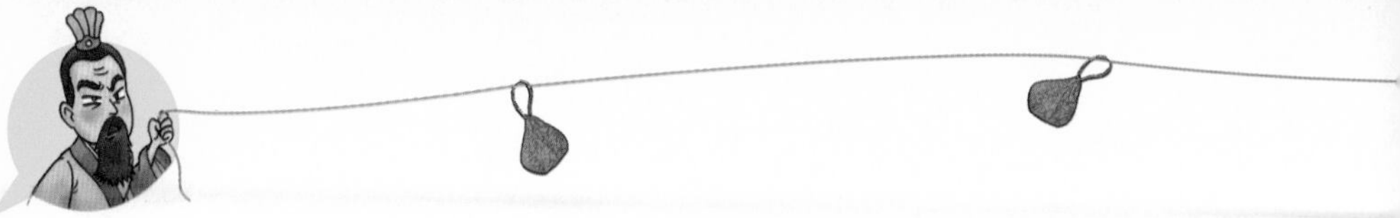

魯肅說：「人家遭了災，您還幸災樂禍！我已參加捐款買鍋了，您參不參加？」

周瑜說：「我考慮考慮，考慮考慮。」

晚上，周瑜看見夫人小喬精心打扮著。

周瑜問小喬：「有派對嗎？」

小喬說：「不是派對。蜀國遭災了，我要舉行慈善義演，幫他們籌款買鍋。」

「妳演什麼呢？」

「我可以唱歌，讓我姐姐大喬彈琴伴奏。」

「啊，」周瑜感歎道，「著名的江南二喬親自出場，定能籌到大筆善款。」

小喬匆匆出了門。

周瑜看著妻子的背影，心裡挺捨不得。倒不是捨不得小喬出去演出，他是捨不得妻子籌來的錢交給包括諸葛亮在內的蜀國人去花。

小喬回來了。

周瑜問小喬：「演出成功嗎？」

「盛況空前！」小喬興奮極了。「可以為災民購買很多鍋了。」

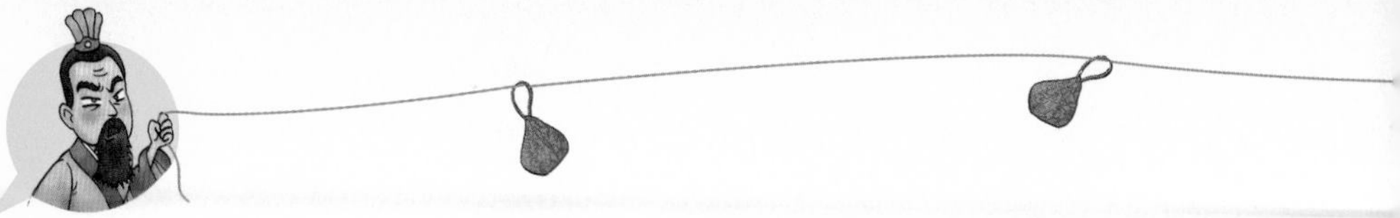

「可是，親愛的，」周瑜一副愁眉苦臉，「咱家也成為災民了。」

「怎麼啦？！」

周瑜將小喬帶到廚房。

小喬看見自家的鍋底平添了許多洞眼，只能當篩子用了。

小喬大驚道：「蜀國的鐵蛀蟲這麼快就爬到吳國來啦？」

周瑜說：「妳把演出籌來的善款交給我吧！」

「為什麼要交給你？」

「蜀國人聽說咱們也遭了災，肯定也會給咱們捐款。這樣捐過去，捐過來，好麻煩。我就跟他們打個招呼，兩邊領情，互不相欠，多好！」

再說魏國。

曹操正打算攻打蜀國，製造了許多刀槍劍戟。

這時謀士蔣幹報導：「丞相，蜀國發生了新情況。」

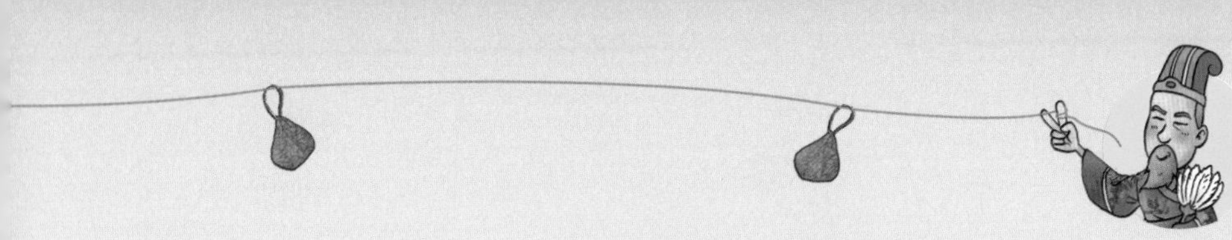

曹操問：「什麼新情況？」

「那裡鐵蛀蟲成災，蜀國人沒鍋做飯了。」

「那，怎麼辦？」

蔣幹說：「人家遭了災，咱們還好意思打人家嗎？」

曹操說：「不好意思。」

蔣幹說：「我建議，將新造的兵器全部回爐，化成鐵水，做成許多鐵鍋捐給蜀國。等蜀國災情平復，生活正常了，我們再去打他不遲。」

「好主意！」

曹操立即做詩一首——

鐵能做成刀，
也能做成鍋。
可以沒有刀，

不能沒有鍋。
沒刀難打仗，
沒鍋要挨餓。
把刀變成鍋，
吃飽了再說。

刀槍劍戟變成了鐵鍋，蔣幹就押運著這些鐵鍋前往蜀國。

但自古蜀道之難難於上青天，為了不在路上摔破這些鐵鍋，蔣幹選了一條更安全的入蜀通道，這條通道需要經過吳國境內。

經過吳國時，蔣幹沒忘了順便去看望一下老同學周瑜。

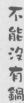

周瑜問蔣幹：「你為什麼這樣客氣，送這麼多鍋給我？」

蔣幹說：「這些鍋不是送給你的，是運到蜀國救災去的。」

周瑜暗想：如果能把這些鍋留在吳國，那該多好。吳國跟魏國總要打

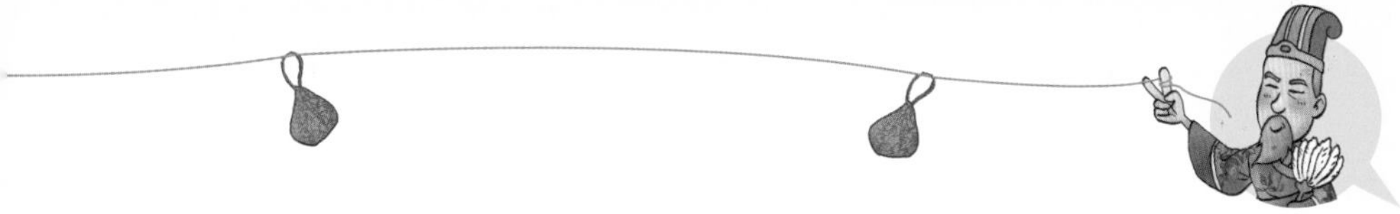

仗的，把這些鍋化成鐵水的話，能造出好多刀槍劍戟，到打仗的時候就能派用場。

周瑜就對蔣幹說：「你不知道吧，我們吳國也發生了和蜀國一樣的蟲災，不信我可以把被蟲咬破的鍋子拿出來給你看。」

「我真是不知道。」蔣幹說，「我要是知道吳國也受了災，我會先把鍋運到吳國來，畢竟我的老同學在吳國呀！」

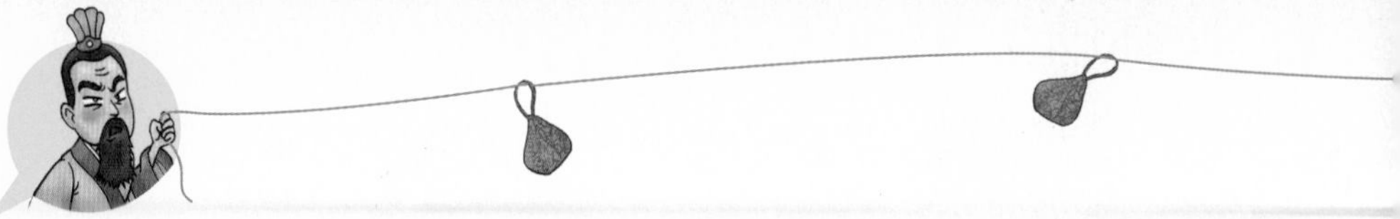

周瑜就啟發蔣幹道：「也許你這次不必趕到蜀國去。」

蔣幹說：「曹丞相派我去蜀國救災，我不能不去。」

周瑜說：「你在吳國一樣能完成救災任務呀。」

蔣幹將腦子轉動一番，恍然大悟：「對呀，對呀！」

蔣幹便吩咐車夫們卸下車上的鍋子。

正在這時，下起雨來了。

周瑜對蔣幹說：「這叫『人不留天留』，天留你在這兒，不讓你繼續趕路了。」

看來天是存心要留蔣幹，雨越下越大了。

河裡的水不停地往上漲，終於漫出來了。

周瑜心裡嘀咕道：「吳國真的遭災了……」

周瑜和蔣幹都泡在水裡了。

這時魏國的救災物資開始發揮作用——那些鍋子浮在水面，成了救生艇。

周瑜爬進一口鍋。蔣幹爬進另一口鍋。

周瑜對蔣幹說：「我現在深深體會到，遭受災難的時候是多麼需要救援。」

蔣幹回答道：「我很高興下了這麼大的雨，發了這麼大的水，使我能夠用鍋救援你。」

雨終於停止。

水漸漸退去。

周瑜和蔣幹從鍋子裡爬出來。

周瑜說：「子翼兄，你還是把這些鍋運到蜀國去吧！」

蔣幹詫異道：「吳國不需要鍋了？」

周瑜不好意思地說：「蜀國……更需要。」

蔣幹便又吩咐車夫們把鍋裝上車。

「子翼兄！」周瑜又拿來一袋金子。「這是我夫人為蜀國蟲災舉行義演籌得的善款，請你帶去蜀國。」

蔣幹剛要接金子，忽然抬頭看著空中，說：「蜀國人來了，你直接捐獻吧！」

周瑜仰望空中，只見張飛開來了飛雞，飛雞掛著長幅廣告。

周瑜是近視眼，他問蔣幹：「廣告上寫的什麼？」

蔣幹讀道——

吳國發大水，
蜀人掏腰包。
救人亦自救，
總有下一遭。

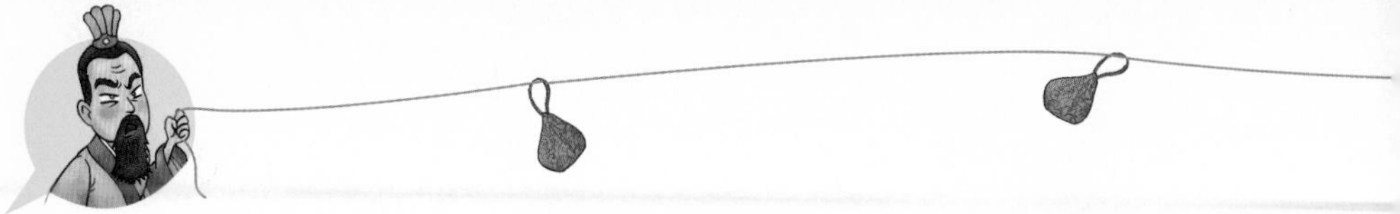

民用烽火

周瑜的夫人小喬得了憂鬱症。

是因為周瑜和小喬吵了一次架。為什麼吵架呢？為了一個饅頭。

大家知道，諸葛亮是周瑜心中的陰影。饅頭這種麵食是諸葛亮發明的，南征時他把饅頭扔進瀘水祭奠陣亡將士。周瑜堅決不吃諸葛亮發明的饅頭。

但小喬卻很喜歡吃饅頭。

周瑜說：「你喜歡吃麵食我不反對，你可以吃包子呀，燒賣呀，蒸餃

呀，為什麼偏偏要吃饅頭呢？」

小喬說：「我既然可以吃包子，吃燒賣，吃蒸餃，為什麼偏偏不能吃饅頭呢？」

周瑜卻不願意承認這是因為諸葛亮的緣故。

於是周瑜與夫人達成妥協：小喬可以吃饅頭，但能吃不能說，說出

「饅頭」這兩個字會刺激周瑜。實在要說的話，就用外文縮寫字母代替，說成「MT」。

一天，小喬吩咐新來的廚師：「好久沒吃MT了，今天做MT吃吧！」

廚師發愣地問：「『矮母雞』？是一種小型的改良母雞吧？」

小喬說：「不是矮母雞，是MT。」

但廚師目瞪口呆，他從沒接觸過外語。

小喬耐心地教廚師：「看著我的口形，M——T——」

可是廚師老是把MT唸成MG。

小喬好不容易把廚師教得會唸MT了，但廚師還是不明白MT是什麼東西。

周瑜在一旁幫著解釋：「MT是一種食品，圓圓的。」

廚師問：「是西瓜嗎？」

小喬說：「比西瓜小一點。」

廚師說：

「那就是蘋果。」

周瑜說：

「跟蘋果差不多大，但顏色是白的，就像……就像……」

小喬的耐心都用盡了，

她將滿腔怒火噴向周瑜：「就像你的頭！」

「怎麼像我的頭呢？我的頭是食品嗎？」周瑜也火了，他回罵小喬：

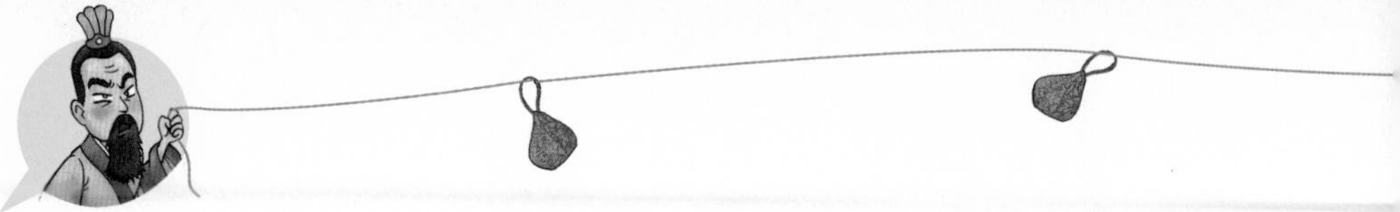

「像妳的頭！」

「你的頭!!」

「妳的頭!!!」

這件事由廚師傳揚開，傳到了魏國。魏國詩人曹操為此作詩一首——

饅頭也是頭，
人頭也是頭。
人頭不是食品，
饅頭不會發愁。

吵了這一架後，小喬就得了憂鬱症。她整天陰著臉，不說一句話。

周瑜急了，請來神醫華佗為小喬診治。

華佗問了病因，對周瑜說：「周都督，心病仍須心藥治，解鈴還等繫鈴人。夫人的病吃藥無用，都督倘能引夫人一笑，自然康復如初。」

為逗夫人笑，周瑜使盡了招數。

他把自己化妝成小丑。夫人不笑。

他把自己化妝成饅頭。夫人也不笑。

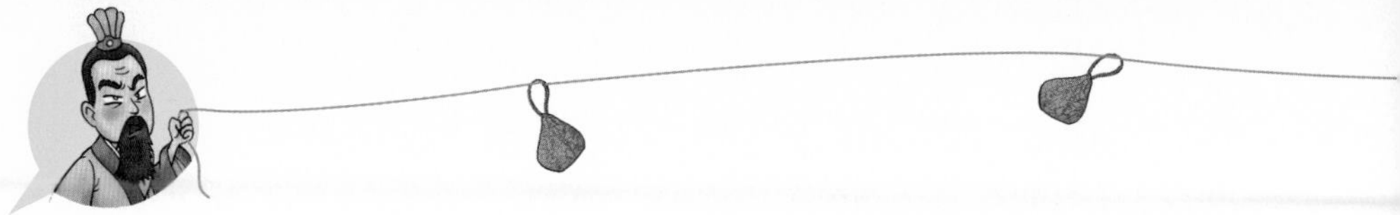

他故意將MT念成「矮母雞」。夫人還是不笑。

他在古今書籍中仔細搜索所有與笑有關的資訊。

終於，一個「烽火戲諸侯」的故事引起周瑜的注意。

「子敬，你瞧！」周瑜指著書上對魯肅道，「周幽王為了讓美女褒姒笑一笑，點起烽火假報警，這倒是個可以試試的辦法。」

魯肅說：「可是這辦法挺危險。周幽王點起烽火，各路諸侯以為敵人入侵，大老遠地趕了來，才知被戲弄了。等到敵人真的來了，再點烽火，就沒人來救周幽王了。都督您可別當第二個周幽王。」

周瑜說：「你的意見有道理，軍隊不能亂。但我們可以雇用群眾演員，讓他們穿上盔甲，騎上馬，說好了演一場戲……」

烽火臺本為軍用，現在改成民用了。

那天晚上，周瑜帶著小喬登上烽火臺。

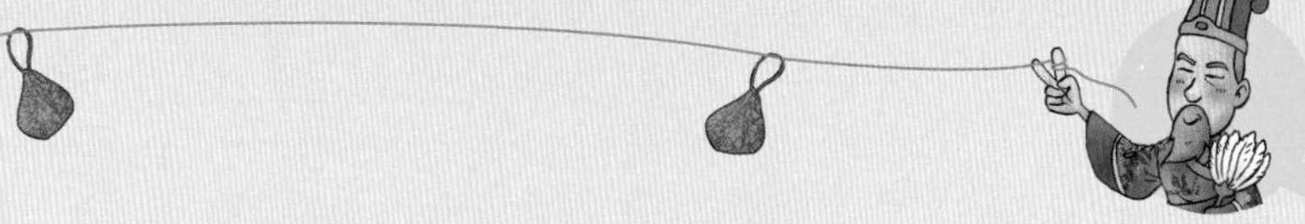

周瑜將火炬交到小喬手中，讓她親自點燃火堆。

隨即，遠遠近近的烽火次第升起。火光燭天，如金龍蜿蜒，壯觀極了。

不一會兒，傳來人喊馬嘶。

一支打著紅色旗號的隊伍趕來了。

一支打著藍色旗號的隊伍趕來了。

一支打著黃色旗號的隊伍趕來了。

幾支隊伍趕到近處，小喬忽然指著最前面的那位白馬將軍「噗嗤」一笑。

周瑜大喜！他問夫人：「妳笑什麼？」

一個月沒說話的小喬終於開口了，她說：「我認識他的。」

近視眼周瑜看不清白馬將軍的英姿，問小喬：「他是誰？」

小喬說：「他怎麼穿成這樣了，他原是賣羊肉串的呀！」

小喬的憂鬱症被治好了。

但民用烽火的開發從此興起了。

先是大喬來找周瑜：「妹夫呀，我們要搬新家啦！」

周瑜說：「恭喜喬遷。」

大喬說：「我們本來買了些鞭炮，想在搬家時熱鬧熱鬧的。現在我們再想想，到時候如果點起烽火，豈不比放鞭炮氣派多了？」

周瑜說：「可是點烽火比放鞭炮多花錢呢！」

大喬不在乎，「咱家花得起！」

於是在大喬搬家那天，點起了綿延五百里的熊熊烽火。

大喬說：「讓五百里外的人們也沾沾咱家的喜氣！」

五百里外的人們呆望著從國都傳來的火光，怎麼也猜不出發生了什麼事。

第二天，又有一個大胖子來找周瑜。

周瑜問大胖子：「你怎麼這麼胖？」

大胖子說：「我是做生意的。如果我太瘦，別人就不相信我的生意做得好。胖一點的人才像是大老闆。」

「你來找我幹什麼？」

「我家也在做喜事，也想點烽火。」

「你家有什麼喜事？」

「我家老太爺去世了。」

「這也是喜事嗎？！」

「所謂『紅白喜事』，死了人算是白喜事呀！」

周瑜問：「你也想像大喬家那樣風光一回？」

「不，」大胖子說，「我家的排場要闊氣些。大喬家點了五百里烽火，我家要點六百里。」

要點烽火現在得排隊了。

新店開張，要點烽火。生兒子了，要點烽火。過生日了，要點烽火。考上好學校了，要點烽火……

每一個時辰安排一場烽火，按照先來後到往下排。

排到後來，今年的生日烽火要到明年才能點起。

周瑜跟魯肅商量：「怎樣才能最大限度地滿足大家的要求？」

魯肅說：「可以挖掘潛力的。現在只是晚上才點烽火，其實從前烽火

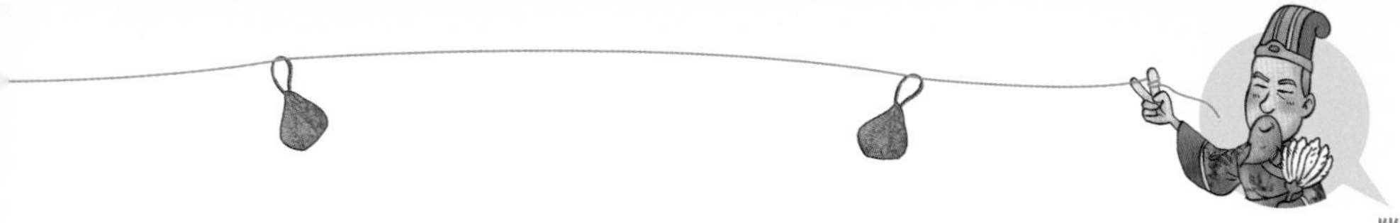

的使用是不分早晚的。」

「對呀！」周瑜說，「敵人什麼時候來，什麼時候就點烽火。總不會對敵人說：你們白天不要來，我們晚上才點火。」

魯肅說：「不過，烽火臺上白天不點火，白天是點煙。」

「要點多少人的煙？」

「不是煙袋的煙。烽火臺上的煙稱為『狼煙』。」

「狼抽的煙？」

「也不是。是用狼糞燃起的煙。」

周瑜說：「狼糞可不容易找。」

魯肅說：「北方的狼多一些，如果需要的話，我們可以從魏國進口狼糞。」

晚上點火用的是本地木柴，白天點煙用的是進口狼糞，所以白天烽火的成本高，白天烽火比晚上烽火收費貴。

但奇怪的是，大家更願意選擇白天烽火，覺得越是昂貴越有品味。

漸漸地形成風氣，誰家辦婚事不點一次狼煙，那就顯得太寒酸了。

吳國對狼糞的需求越來越大，引起了曹操的注意。

曹操問蔣

幹：「聽說我們出口貿易額的七成來自吳國對魏國狼糞的購買？」

蔣幹回答：「是的。最近我的老同學周瑜還跟我聯繫，想向我國進口一批良種狼。」

「吳國沒有狼嗎？」

「吳國也有狼的，但都很矮小，不如北方狼碩壯，產糞量高。」

曹操來了詩興，當時吟詩一首——

南方也有狼，
北方也有狼。
北狼南方養，
為求產糞量。

曹操忽然心中一動，說：「吳國流行狼煙，是否會給我們造成可乘之

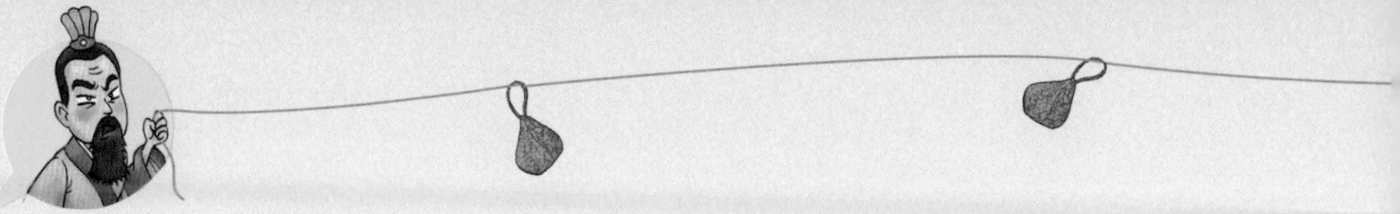

機？」

「丞相高明！」蔣幹說。「吳國的烽火忙於民用，對我們的軍事行動十分有利……」

吳國上空的狼煙滾滾也驚動了蜀國。

諸葛亮對張飛道：「別看吳國夜夜烽火好熱鬧，人無遠慮，必有近憂。」

喜歡養鴿子的張飛說：「我常會開著飛雞去吳國放鴿子，但最近我很少去了，因為鴿子會在濃煙中迷失方向。我剛剛飛去魏國放鴿子，發現有一支魏國軍隊正向魏吳邊境移動。」

諸葛亮的神情嚴肅起來，「看來曹操想渾水摸魚，偷襲吳國。三將軍，你還得飛一次……」

吳國軍民還蒙在鼓裡。

周瑜又和小喬吵了架，小喬舊病復發，仍然不會說話不會笑。周瑜只好故技重演，點起烽火後，讓群眾演員扮演的軍隊趕來。

「這回叫他們扮成偷襲我國的魏國軍隊。」周瑜對魯肅說。「領頭的將軍仍讓那個賣羊肉串的扮演。」

於是，周瑜讓小喬親手點燃人工養殖產出的狼糞。

狼煙裊裊升起。

周瑜看煙色，聞煙味，滿意地說：「這跟使用野生狼糞效果相同。」

賣羊肉串小販扮演的魏軍將領率兵趕來了。

可怕的是，真的魏軍緊跟在假的魏軍後面。這樣，真的魏軍可以大搖大擺地進入吳國的中心，然後裡應外合，將吳國一舉攻占。

千鈞一髮之際，張飛駕駛的飛雞到了吳國上空。

飛雞逼近烽火臺，噴出滅煙劑，將狼煙撲滅。

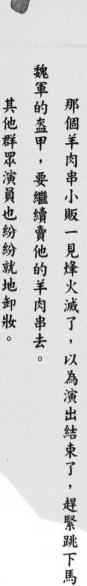

那個羊肉串小販一見烽火滅了，以為演出結束了，趕緊跳下馬，脫下魏軍的盔甲，要繼續賣他的羊肉串去。

其他群眾演員也紛紛就地卸妝。

羊肉串小販見後面那隊魏軍呆呆地不知所措，便對他們喊道：「還愣著幹什麼，快脫掉戲裝去領錢呀！」

「領、領什麼錢呀？」魏軍將領完全傻了。

羊肉串小販便不由分說地將魏軍將領手中的大刀奪下，將他拉下馬來。

烽火臺上。

周瑜生氣地問魯肅：「你請了多少群眾演員？我準備了和上次一樣的酬金，人數好像多了一倍啦！」

魯肅也摸不著頭腦，「前面那隊是我請的，後面那隊不知哪來的。」

「這麼說，後面那隊不是演員？」周瑜頓時變了臉色。「不是演員，那是——？」

這時，小喬瞧著周瑜的傻樣兒，被逗得「噗嗤」一笑，並說了一句：

「你這個笨蛋！」

曹操打獵

今天天氣很好，因此曹操的心情不錯。

曹操對他的謀士們和武將們說：「天氣這麼好，咱們去打仗吧！」

蔣幹說：「打仗不如打獵好玩。」

曹操說：「好，那就去打獵。」

他們準備好乾糧、飲料、野餐用的桌布和折疊椅，當然還得帶上弓和箭，便出發了。

曹操騎在馬上。蔣幹騎在驢上。

蔣幹忽然喊道：「前面有隻鹿！」

曹操定神一望，真的有隻美麗的白鹿在悠閒地散步。

武將們立刻拈弓搭箭，向白鹿瞄準——

「慢！」曹操大聲制止。

蔣幹向武將們解釋道：「應該讓丞相先射，丞相射不中你們再射。」

曹操瞪了蔣幹一眼，表示不滿意蔣幹的解釋。

蔣幹便修改道：「丞相不會射不中的。丞相射中的時候，你們都必須射不中，鹿身上只能有一支箭。」

蔣幹仍然沒說對。

曹操說：「我的意思是，這麼美麗的鹿，不作一首詩實在是太可惜了。」

大家便停止前進，等曹丞相作完詩再說。

曹操對蔣幹說：「你天天看我做詩，應該學會了吧？你先作一首我看看。」

蔣幹想到曹操作過的詩——「遠看是個球，近看是個頭」，便靈機一動，做出詩來：「遠看是棵樹，近看是隻鹿……」

「等等，」曹操不明白，「遠看為什麼是棵樹呢？」

蔣幹說：「鹿的角丫丫叉叉的，不是跟樹一樣的嗎？」

「唔，」曹操點頭道，「第一句不錯。但第二句有問題。『近看是隻鹿』，鹿能讓你近看嗎？你要近看，牠就跑了。」

曹操就自己開始作詩：「白白一隻鹿……」

蔣幹讚道：「好詩！先把鹿的顏色點出來了。鹿是紅色的嗎？不是。鹿是綠色的嗎？也不是。鹿是咖啡色的嗎？……」

不等蔣幹分析完畢，曹操接著作出第二句：「白白一隻鹿，不是一隻兔。」

「太妙了！」蔣幹繼續欣賞，「鹿有鹿的特點，牠不會是兔，也不會是羚羊，也不會是駱駝……」

曹操的全詩是——

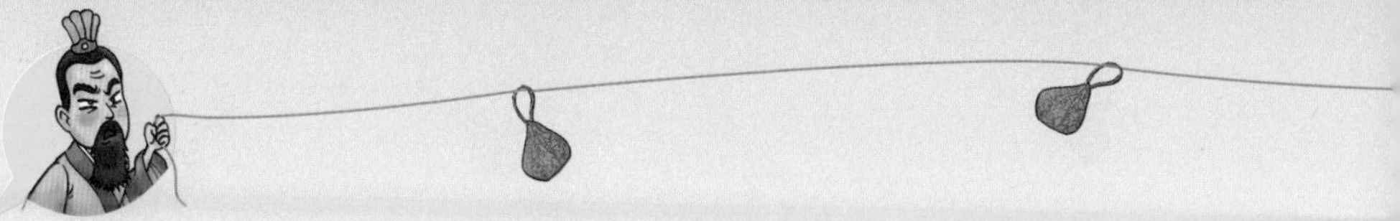

白白一隻鹿，
不是一隻兔。
白毛浮綠草，
我願做隻鹿。

曹操把詩朗誦一遍，問大家：「怎麼樣？」

大家齊聲叫好。

「可是，」蔣幹說，「這詩要改一改。」

曹操有點不高興，「為什麼要改一改？」

蔣幹說：「丞相您還沒作完詩時，那隻鹿走掉了。鹿不願成為人的獵物，也不稀罕被人寫到詩裡去，只要牠覺得不耐煩，說走牠就走。」

曹操感到挺掃興。

「不過，」蔣幹說，「白鹿走掉了，又來了一隻白兔。」

曹操重新高興起來，「沒關係，這首詩還是能做好的。」

曹操不愧是詩人，他把他的詩修改了一下，再給大家朗誦一遍——

白白一隻兔，
不是一隻鹿。
白毛浮綠草，
我願做隻兔。

還沒朗誦完，蔣幹又提醒曹操：「丞相，這詩又得改了。」

「怎麼？」曹操問：「白兔又走了？」

「是的。」

「又來了什麼？」

「又來了隻黑兔。」

於是曹操不慌不忙又來改詩：

黑黑一隻兔，
不是一隻鹿……

蔣幹叫道：「黑兔又跑了！」

詩的後面一半便成了——

黑毛隱綠草，
不知歸何處。

那隻黑兔飛快地跑著，一跑跑過了魏吳邊界。

吳國這邊，周瑜在舉行野外音樂會。

周瑜在音樂上的敏感是很有名的。所謂「曲有誤，周郎顧」，意思是說，聽到樂隊裡誰彈錯了音，周瑜就會瞪他一眼。

這時周瑜正站在田野裡吹著簫，即興創作著他的新曲子。那隻黑兔慌慌張張地跑過來，一頭撞在周瑜身上——咚！兔子昏了過去。

你聽過「守株待兔」的故事沒有？有隻兔子慌慌張張地撞到樹上……現在這隻兔子就是那隻撞樹兔子的後代，牠遺傳了慌慌張張的基因。

周瑜起初有點生氣。他創作的曲子裡是可以有兔子的，但他需要的是純潔可愛的白兔，而不是黑兔。這隻冒冒失失的黑兔打斷了他的創作。

周瑜的思緒從他的音樂中走出來。

他看到這隻討厭的黑兔肥嘟嘟的。

「嗯……要是燃起樹枝，把這兔子烤一烤，一定……」

周瑜彷彿聞見了那種誘人的香味。

但還沒等周瑜完全準備好，兔子醒了。

兔子一躍而起，慌慌張張地轉身就跑，轉眼又跑過了邊界。

周瑜看見曹操的武將們已經「彎弓如滿月」，準備以「箭去似流星」來迎接兔子。

周瑜急忙高喊：「別動手！這兔子撞到我身上，說明跟我有緣分，你們千萬別傷害牠！」

「那就讓你來傷害牠？」曹操的武將們堅決不同意。

曹操命令武將們放下弓箭，然後對周瑜說：「如果你相信兔子和你有緣分，那你就站在老地方別動，等兔子再來撞你。」

武將們不理解：「丞

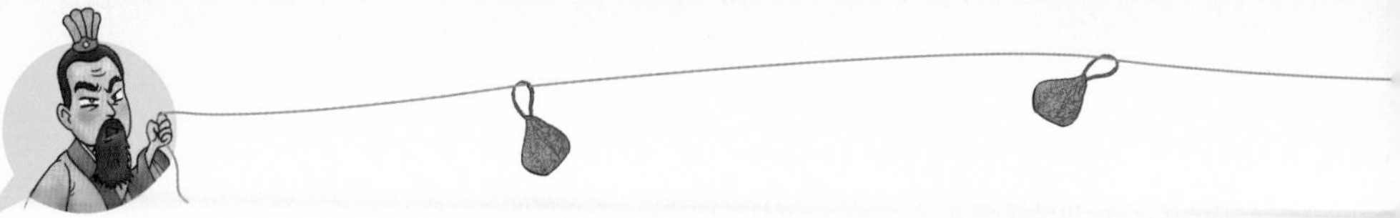

相，為什麼我們不能射兔子？」

曹操說：「因為我的詩已作好，我不想再改它了。『黑毛隱綠草，不知歸何處。』多好的詩呀！如果把兔子射死，烤得油汪汪的，詩會改成什麼樣？」

「可是，丞相，」武將們說，「如果不射兔子，今天您就什麼收穫也沒有啦！」

蔣幹說：「丞相今天有收穫的。」

「什麼收穫？」

「收穫了一首詩呀！」

曹操哈哈大笑。

什麼收穫也沒有的是站在老地方等兔子的周瑜。

錦囊裡的冷笑

劉備在吳國娶了孫權的妹妹。

他倆返回蜀國時由於追兵在後，走得匆忙，孫夫人那頂七寶鳳冠上失落了一顆珠子。

劉備又替孫夫人買了一顆珍珠。

但孫夫人說：「珍珠好買，巧匠難求。我的首飾一直是由吳國的一位珠寶師傅負責打理的。」

劉備問：「夫人的意思是說，這頂鳳冠還需送回吳國去修復？」

「那當然，蜀國的匠人我信不過。」

這樣的話，得派一個人送鳳冠去吳國。這個人必須可靠，不會一去不回。這個人

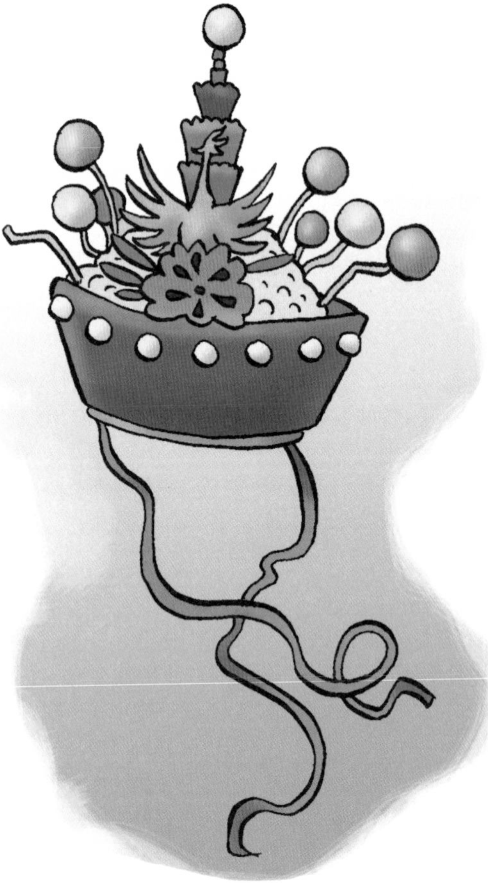

還得武藝高強，不會讓強盜搶去鳳冠。

諸葛亮便對張飛說：「三將軍，你去走一趟吧！」

張飛問：「軍師還有什麼吩咐？」

諸葛亮掏出一個錦囊，遞給張飛：「到了最困難的時候，可將錦囊打

開，困難自然迎刃而解。」

張飛嘟噥道：「上次您派趙雲去吳國時，給了他三個錦囊，怎麼只給我一個？」

「一個就夠了。」諸葛亮笑道。

於是張飛帶著鳳冠動身了。

一路順風，小心無事。

到了吳國，張飛找到孫夫人最信賴的那位珠寶師傅。但那師傅說：

「對不起，我手上正有活兒。我得把手上的活兒做完，再做您的活兒。」

張飛說：「這鳳冠是我們夫人的，她可是你們主公的妹妹。」

師傅說：「您的譜兒挺大，可我這顧客的譜兒也不小。」

「他是誰？」

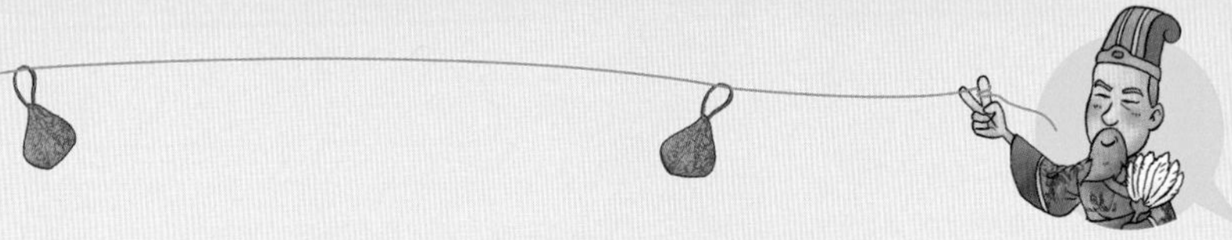

「大都督周瑜，我是給他夫人小喬做活兒呢。」

張飛無奈，只得在旅店暫且住下，耐心等待。

張飛是春天來到吳國的，但現在一天天熱了起來。

小喬的首飾仍在沒完沒了的打造中……

等待在旅店裡的張飛先是脫了外套。

後來只剩下小褂。

他終於難當酷暑，像大戰馬超時那樣來了個大赤膊。

到大赤膊也汗如雨下時，坐臥不寧的張飛自語道：「現在可算最困難的時候了。」

張飛掏出軍師授予的錦囊，打開一看——

裡面是一張紙，畫著人像。這個人挺像周瑜的。

諸葛亮在畫像下面寫了使用說明：

此為交流式人工製冷防暑降溫用品。使用時只須注視畫中人雙眼，即能感到涼意漸生。請注意勿使用過久，以免凍傷。

張飛便試著注視畫中人的雙眼。

張飛覺得畫中人在冷笑。怎麼知道他在冷笑？因為張飛看著這人的笑容，越看越冷。

張飛只看了一眼，就把小褂穿起來了。

再看第二眼，就不能不穿外套了。

張飛不敢看第三眼，他沒帶棉襖。

這時魯肅來到旅店。

「張將軍，我是來報告你好消息的。」

「什麼好消息？」

「由於周都督的原因，珠寶師傅已經可以提前修好您送來的那頂鳳冠了！」

「怎樣提前呢？」張飛問，「是從冬天提前到秋天嗎？」

「不不，不會那麼晚。」魯肅說，「您現在就可以取回修好的鳳冠了。」

「真的?!」張飛大喜。「你說是周瑜的原因，是他說服小喬少做了幾件首飾？」

「非也。周都督和小喬夫人又吵架了，氣得小喬夫人不要周都督做首飾了，珠寶師傅就趕在他們和好之前把鳳冠修好了。」

「太棒了！」

張飛立即衝出去找珠寶師傅。

魯肅也要離開旅店，忽然他發現了那幅畫像。

「畫得挺像我們都督的……」

接著，魯肅讀到了諸葛亮寫的使用說明……

魯肅趕到都督府，向周瑜做了彙報。

周瑜挺感興趣，要魯肅把畫像拿給他看。

魯肅說：「還在旅店裡，我怎麼能隨便拿人家東西呢！」

周瑜說：「你真是老實人！你不是說那畫像挺像我的嗎？這就是侵犯了我的肖像權，可以把它沒收的。」

周瑜便跟著魯肅前往旅店。

周瑜見到了那幅畫像。

他問魯肅：「真的像我嗎？」

魯肅說：「像。」

可是周瑜照著使用說明注視畫中人的雙眼，注視了好一會兒，竟然毫無涼意。

「怎麼沒效果？子敬，你覺得有效果？」

「有。」

「那你試給我看看。」

魯肅就又注視畫像，不一會兒身上凍出一層雞皮疙瘩。魯肅讓周瑜摸他的雞皮疙瘩。

周瑜說：「奇怪，奇怪。」

魯肅說：「也許因為您像畫中

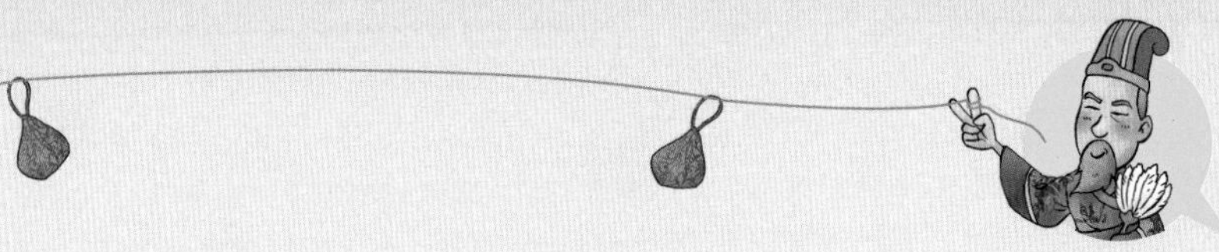

人，也有這樣的製冷眼光，兩邊的冷眼對到一起，相互抵銷了。」

「那，」周瑜不解，「平時你們見到我，也沒冷得發抖呀？」

魯肅解釋道：「平時沒人敢注視您的眼睛，也就都不覺得很冷了。——都督，既然這畫像對您沒用，那就放在這裡，我們走吧！」

「不，」周瑜說，「這畫像對你們有用，也就對我有用了……」

周瑜捲起製冷畫像，揣進懷裡。

這時張飛拿到修好的鳳冠，回到旅店。

「咦，周都督來了！」

周瑜說：「張將軍，我們是來送你的。」

張飛說了聲「謝謝」。說「謝謝」的時候必須看著對方的眼睛，不然不禮貌。張飛看著周瑜的眼睛，立即感到了涼意，也就想起了那張製冷畫像。

張飛尋找起來，「咦，這兒本來有一張紙的……」

周瑜說：「被老闆娘打掃掉了吧！」

張飛回國以後，周瑜忙起來了。

趁著夏季還沒過去，周瑜大批生產製冷畫像。

這種畫像十分暢銷，因為像周瑜這樣能靠自己的冷笑防暑降溫的人不是很多的。

顧客們把畫像買回家，貼在牆上，熱了就抬頭看一眼，比用扇子省力。晚上也不用去戶外乘涼了，外面蚊子多。——可是蚊子也會飛進屋裡的呀？但蚊子看見製冷畫像也會哆嗦，貼了這種畫像的屋子就很少有蚊子了。

吳國生產製冷畫像的事傳到了魏國。

蔣幹很為老同學周瑜自豪，「一個冷笑能給千萬人帶來涼爽，多了不

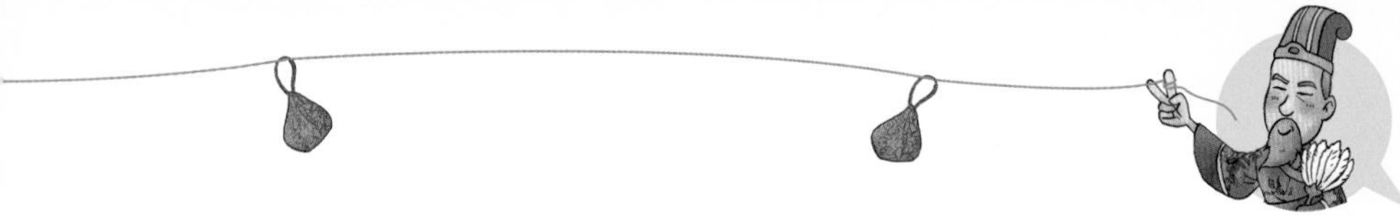

起呀！」

曹操說：「在咱們這疙瘩恐怕更需要溫暖吧。」不錯，北方的夏天並不難熬，難熬的是朔風呼嘯、滴水成冰的冬季。

蔣幹問曹操：「丞相您的意思是，既然能製冷，也該能製熱？」

曹操點頭道：「多帶些銀子，你再去趟吳國。」

蔣幹的那頭任勞任怨的驢馱著蔣幹和銀子，又來到吳國。

蔣幹見了周瑜，說了來意。

周瑜面有難色，說：「接觸過我的人都知道，從我這裡只能得到寒冷，很難得到溫暖。」

蔣幹說：「你試著笑一個給我看看，不要冷笑，要熱笑。」

周瑜就咧嘴笑道：「嘻嘻。」

蔣幹覺得這笑太乾太硬，就啟發周瑜：「你應該從心裡發出一種快樂的笑，熱情的笑。」

「可是我心裡不快樂，我熱情不起來。」周瑜說。

蔣幹問周瑜：「你看見我，看見相識多年的老同學，你不高興嗎？」

周瑜老實承認：「高興是高興的，但不算很高興。」

「那你看到什麼才會很高興呢？」

周瑜東看看，西看看，他看見蔣幹提著一個包袱，就問蔣幹：「這裡面是什麼？」

蔣幹把包袱打開——包袱裡是一錠一錠的銀子。

周瑜立即綻開笑容。他笑得那麼燦爛，跟銀子一樣燦爛。

蔣幹滿意地說：「公謹，這樣的笑發自內心，很有激情。」

「是嗎？」

周瑜就趕緊對著鏡子將這燦爛的笑畫到紙上。

蔣幹說：「先做個動物試驗吧！」

蔣幹就把自己的驢牽進來，舉著那畫像，給驢看周瑜的「熱笑」。

那驢安安靜靜地看著畫像……

不一會兒，驢的眼睛發直，呼吸急促，腦門上滲出汗珠。

蔣幹興奮地說：「開始製熱了！」

但驢的目光移到包袱裡的銀子上了……牠激動地走過來，銜起包袱就往外跑。

周瑜莫名其妙：「怎麼回事？」

蔣幹想了想，說：「公謹，你的笑確實點燃了驢的熱情，一種貪婪的熱情……」

棋王黃忠

蜀國的五虎將中，黃忠的年齡最大。

因為這個原因，軍師諸葛亮越來越不敢讓黃忠上陣了。

有了任務，諸葛亮一一差遣：

「關羽聽令。」

「在。」

「你帶三十筐香蕉皮去山前埋伏。」

「遵命！」

「張飛聽令。」

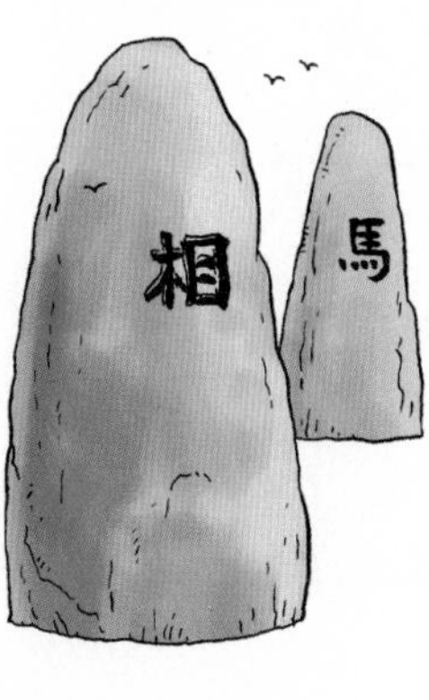

「在。」

「你帶三十筐西瓜皮去山後埋伏。」

「遵命！」

「趙雲、馬超聽令。」

「在。」

「你二人帶番茄、雞蛋各五十筐去山頂埋伏，敵人一到，你們就將筐裡的東西投擲下來。」

「遵命！」「遵命！」

四位虎將拿著軍師發給的令箭領取香蕉皮、番茄去了。

這時諸葛亮開始收拾辦公用品。

一旁等著的黃忠急得大喊：「軍師，還有我呢！」

諸葛亮問黃忠：「老將軍也想打仗嗎？」

黃忠說：「當然想。」

諸葛亮說：「我教您一個法子，照這法子，您一天可以打十幾仗，幾十仗。」

「那真過癮！」

「而且很安全，不會流血，也不會骨折……」

「軍師您快說，什麼法子？」

諸葛亮就拿出一個棋盤。

「黃老將軍，您會下棋嗎？」

「我忙著打仗，沒玩過這個。」

諸葛亮說：「這也是打仗，是不穿盔甲的打仗，學會以後，您會覺得很有意思的。」

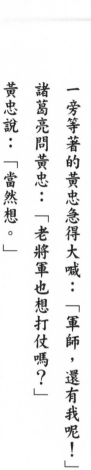

黃忠便答應向諸葛亮學下棋。

學會了馬斜著跳，炮隔著打，小兵只能前進不能後退……黃忠就帶上象棋出門找對手。

在路上，他遇見個跟他差不多年紀的老漢，便問人家：「你會打仗嗎？」

那老漢與黃忠比較了一下肌肉，有點慌，說：「我不跟你打，我很講文明的。」

黃忠亮出棋盤，「在這上面打，會嗎？」

老漢一看，「下棋啊？你早說啊！」

黃忠便放下棋盤，布好棋子，兩人蹲在路邊戰了起來。

下完一盤，黃忠輸了。黃忠要求再戰。

對方主動提出：「我讓你車馬炮吧！」
第二盤，只用單車單馬單炮，對方還是將黃忠剃了光頭。
黃忠說：「再下第三盤！」
對方不願再下了，說：「你再找別人吧，你的棋太臭了。」
黃忠就再找別人。
跟諸葛亮說的那樣，黃忠在一天裡打了幾十仗。
但沒有一仗是贏的。

黃忠很想贏。
第二天他還要帶上棋盤出去，卻見老將嚴顏從窗前走過。
「老嚴！」黃忠大喊。
嚴顏停住腳步，「幹嘛？」
黃忠問嚴顏：「你會下棋嗎？」

嚴顏說：「不會。」

「那就好辦了。」

黃忠便叫嚴顏進屋，教他：馬斜著跳，炮隔著打，小兵只能前進不能後退……

教會了嚴顏，黃忠立刻和他下了一盤。

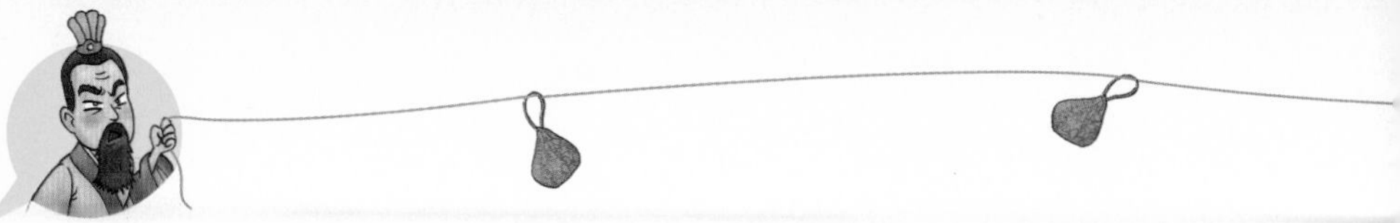

這次黃忠贏了。為了棋盤上的第一次勝利，黃忠激動得老淚縱橫。

「再來一盤！」嚴顏不服氣。

「再來就再來。」

第二盤黃忠又贏了。

這一天裡黃忠又打了幾十仗。

但沒有一仗是輸的。

從此嚴顏天天纏著黃忠要下棋。

黃忠總是大獲全勝。

天天贏棋，贏得黃忠有點鬱悶了。

一天，諸葛亮問黃忠：「您現在對下棋很有興趣了吧？」

黃忠說：「我很想當個棋王。」

「您現在的成績如何？」

「我天天打敗嚴顏。」

「哦，只戰勝一個對手是很難稱王的。」諸葛亮說。「獲得棋王的稱號，必須是在已沒有棋手敢來跟您較量的時候。」

但除了嚴顏，黃忠在棋盤上找不到別的手下敗將。

這天他又到街上轉遊去了。

太陽很好，黃忠看見街邊坐著兩個老頭，曬著太陽，喝茶聊天。

甲老頭拿一把小巧玲瓏的紫砂茶壺。

乙老頭的那把茶壺可就出奇了。這是一把南瓜大小的鐵製茶壺，壺身上還鐫著一行字。

乙老頭見黃忠好奇地探頭探腦，便讓黃忠看清楚那行字——

天下第一壺

這把壺的造型一般，製作也粗糙，憑什麼號稱「天下第一」呢？

黃忠問乙老頭：「是不是因為這把大壺能裝的茶水最多？」

甲老頭插嘴道：「他的壺和我的壺裝水一樣多。」

「這怎麼可能？」

「不信你掀開壺蓋看看。」

乙老頭將鐵壺遞給黃忠。黃忠接壺在手，不用揭開壺蓋，從重量上已經明白是怎麼回事了。這壺的外形碩大，裡面的容積卻很小。

黃忠說：「我知道了，這壺的重量天下第一。」

乙老頭笑道：「老兄弟，能像你這樣輕鬆地接過我的壺的人也不多見。我是用這壺一邊喝茶一邊練身體呢！」

「天下第一壺」使黃忠頓生靈感。他去找石匠。「師傅，我要訂製三十二個石墩。」

石匠問：「要多大的石墩？」

黃忠說：「不要太大，每個重兩百斤就可以了。」

不久，石匠送來了三十二個石墩——這是一副石製的象棋。

黃忠已在院子裡畫好了棋盤，馬上就可以交戰了。

第一位用石棋與黃忠對弈的棋手是嚴顏。

嚴顏同黃忠連殺三盤，以三比零告負。

黃忠又從街坊鄰居裡找來個青年棋迷。

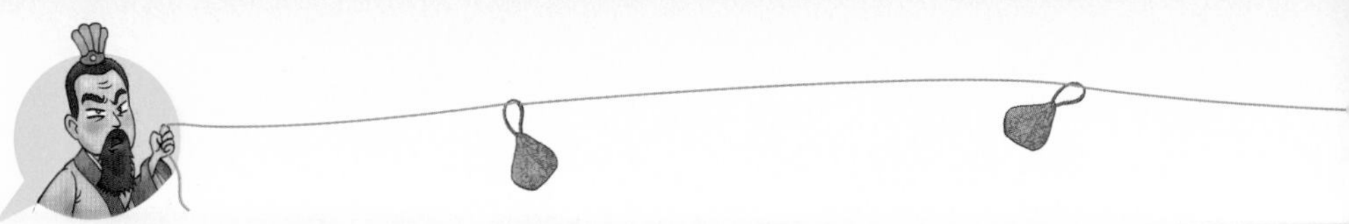

面對三十二個石墩，青年棋迷有點發呆。

對面的黃忠一揮手：「你先走吧！」

青年棋迷說：「我就走一步『仙人指路』吧！」

說著，他走到那個寫著「兵」的石墩後面，使勁將石墩往前推了一格。

黃忠不慌不忙地輕舒猿臂，支了個「當頭炮」。

青年棋迷要跳馬，須將石墩推動兩格，累得他滿頭大汗……而當他要將車攻到對岸時，他怎麼也無法做到了。

黃忠客氣地說：「要不要我幫你？」

青年棋迷怎麼好意思，「算了算了，我退

出比賽了。」

退出比賽就是認輸。黃忠又贏了。

青年棋迷出去一宣傳，附近幾條街的棋壇好手都來參觀黃忠的石棋。他們扳動一下石墩，向黃忠打聽一下石墩的重量，然後就苦笑著告別了。

黃忠問他們：「不想切磋幾局嗎？」

那些人都說：「心有餘而力不足！」

黃忠考慮了一番，寫了封公開信貼到大街上——

告全國棋手

黃忠誠懇邀請各路高手前來指教。

已備好石製棋具供比賽使用，每枚棋子重兩百斤。

自即日起，如三個月內無人勝我，本人便自動取

得棋王稱號。三個月後有人勝我的話，本人便將棋王稱號送給他。

黃忠

貼出了公開信，黃忠便回到家裡數日子。

兩個多月過去了。

仍然是只有來參觀的，沒有來交戰的。嚴顏已經提前稱黃忠為「黃棋王」了。

這天有位瘦瘦的老翁來訪問黃忠。可能因為他太瘦了，所以給人乘風而來的感覺。

黃忠問老翁：「您是棋界大師吧？」

老翁說：「豈敢稱大師，愛好者而已。我叫黃承彥。」

黃忠吃驚道：「原來是軍師的岳父，失敬了。聽說您長年研究八陣圖，因何到此？」

黃承彥說：「八陣圖是小婿用亂石布成，變化無窮。我平時沒事，試著將陣圖變成棋局，也是自娛自樂。聽說將軍也愛好棋道，有興趣去我那兒看看嗎？」

「當然有興趣！」

黃忠興沖沖隨著黃承彥出了門。

他們登上魚腹浦旁邊的小山。

山下的沙灘上果然整整齊齊排列著三十二座巨石，完全按照棋子的擺

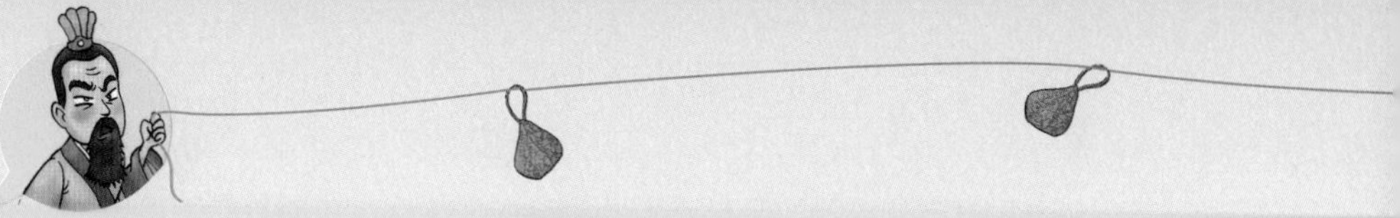

法。

黃忠覺得不可思議：「先生，您是怎樣搬動這些棋子的？」

黃承彥笑道：「我哪有這麼大的力氣。這些巨石的挪移不用『手動』，全靠『風動』。」

「風能聽人的話？」

「八陣圖設有休、生、傷、杜、景、死、驚、開八個門，其實就是八個風門。堵住哪個門，開啟哪個門，就可以控制風向和風速，讓風根據人的需要『飛沙走石』。」

「那，您是怎樣堵住風門的？」

「每個風門前有一丸桔子形狀的驅風石。要讓各門開和閉，只須擺弄這些驅風桔石。」

然後他倆下了山，黃承彥要為黃忠做現場演示。

「比如說，下棋的時候，第一步我想走『仙人指路』，就得把景門、杜門、驚門打開，把其他的五個門關閉。」

黃承彥擺弄各門的桔石，一一操作完畢。

只見一股微風從景門徐徐吹入。這股風在石堆中東碰西撞後漸漸加強，沖出杜門再從驚門返回時，它準確而有力地在那塊擔任紅兵的巨石後面頂了一下，使紅兵前移一步。

黃忠驚訝地張大了嘴。

「將軍，」黃承彥說，「難得有交流的機會，咱們下一盤吧？」

「不不……」

「移動棋子的時候，我可以幫你的。」

黃忠說：「對不起，我得去做一件事！」

他急急忙忙跑掉了。

相
馬

黃忠跑到大街上，把他的那張給全國棋手的公開信扯了下來。

他不許嚴顏再稱他「棋王」。但他和嚴顏依然還用那副兩百斤一個棋子的石棋對弈，因為這樣可以一邊下棋一邊練身體。

東氣西輸

周瑜走到街上，遇見神醫華佗。

華佗看看周瑜的臉色，「周都督，昨晚又跟夫人吵架了吧？」

周瑜覺得這醫生太厲害了，「你能看得出來？」

「請伸出左手——男左女右。」

周瑜把左手伸過去。

華佗給周瑜把了一會兒脈，判斷道：「昨晚吵了一個半時辰，對不對？」

「對。」

「再讓我看看舌苔。」

周瑜又乖乖地伸出舌頭。

看了舌苔，華佗說：「這場交鋒，是您先停戰的，但您心裡很不舒服。」

周瑜好沮喪，「全讓你說對了。」

華佗說：「窩火，憋氣，對健康十分不利。吵一次架使人的壽命至少減少三天。」

周瑜自語：「那我吵過多少次架啦？」他要算算損失了多少壽命。

「說到減少壽命，」華佗又道，「嫉妒比吵架更有害。」

「為什麼？」

「吵架能把消極情緒發洩出來，而嫉妒卻深深地積累著怨恨。」

「不過華醫生你知道，」周瑜說，「我這個人最不喜歡嫉妒別人的。」

「是嗎？」華佗說，「比如諸葛亮比您聰明——」

「什麼！」周瑜像被踩了一腳，立刻跳了起來。

華佗說：「您瞧，這就是嫉妒的反應。您別嫉妒諸葛亮啦，您想不想多活幾年？」

周瑜嚷道：「我肯定比諸葛亮多活！」

周瑜回到都督府，默默想著心事。

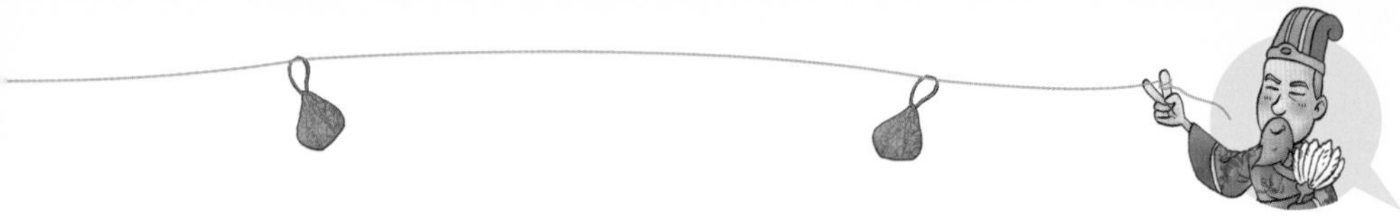

魯肅問他：「您在想什麼？」

周瑜說：「子敬，你知道嗎，窩火，憋氣，對健康十分不利。」

魯肅說：「那咱們就要想開一點，對人寬容一點。」

「不對！」周瑜把眼一瞪，「我要想辦法讓諸葛亮窩火，憋氣，要對他的健康不利！」

「恐怕很難辦到吧？」魯肅表示懷疑。「諸葛亮很有

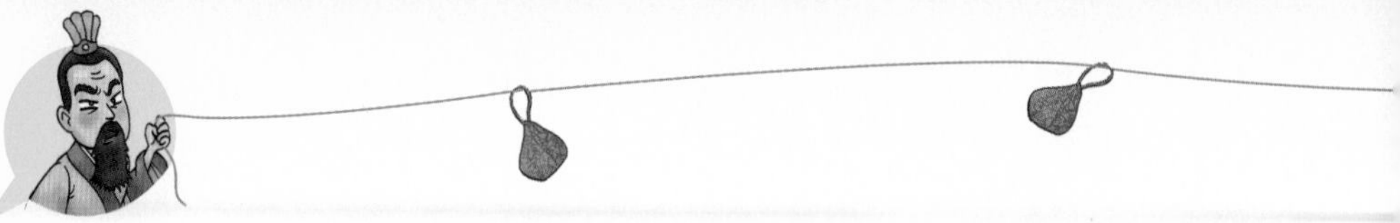

涵養，不易生氣的。」

周瑜說：「咱們明目張膽地要讓他生氣，他當然不肯啦。得悄悄的，不被他發覺，把咱們這邊生出的氣通到他那邊去……」

「諸葛亮吸了咱們生的氣，他也生氣啦？」

「那多好啊！」

「還得鋪設一條輸氣管道？」

「哈，這叫東氣西輸，資源分享。不過，是否可行，還須做一些試驗。」

周瑜要找一個試驗物件，找一個最不容易生氣的人。

他在他認識的吳國男人裡仔細篩選了一遍……

然後周瑜把工程人員領進自己的臥室裡，吩咐他們：「就從這裡開始挖掘，我們要鋪設一條管道。」

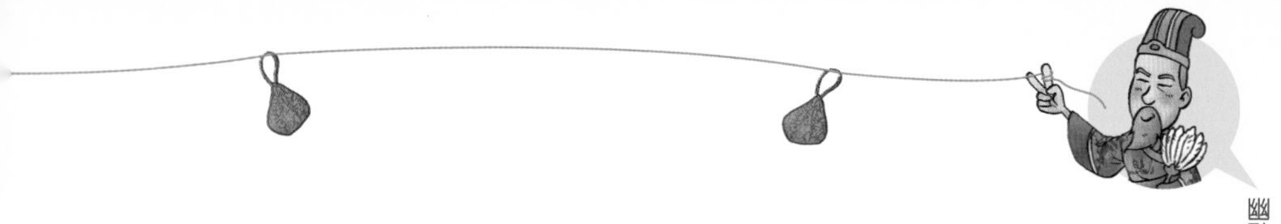

「請問都督，管道的另一頭通向哪裡？」

「通到魯大夫家裡。注意，別挖到他家隔壁去了。」

「隔壁是什麼地方？」

「是個澡堂。」

「知道了，我們要是挖偏了，澡堂的水就會流到您家來。」

「還有，你們得悄悄進行，別讓魯大夫發覺。」

「知道了。」

試驗管道開始向魯肅家掘進。

工程人員小心翼翼地繞過澡堂，將管道出口安置在魯大夫床下。

「都督，」工程人員來向周瑜報告，「管道鋪設就緒，可以通氣了。」

「很好，」周瑜說，「我剛和夫人吵過架，氣憋得足足的。」

周瑜就往管道裡哈氣……

哈完氣，周瑜問工程人員：「我的氣什麼時候能到達魯肅家？」

工程人員回答：「需要一個時辰。」

剛剛過了一個時辰，周瑜就迫不及待地帶著華醫生來到魯肅家。

魯肅正在喝著才沏好的一杯熱茶。

周瑜便有點害怕，「就怕他衝動起來將茶潑到我臉上！」

但魯肅的神態平和，一點也不像要把茶潑過來的樣子。

周瑜試探道：「子敬，你的內心有

沒有一種特別壓抑的感覺？」

「壓抑？」

「是不是想找個人出出氣？」

「不，」魯肅笑了，「我的心情好極了，我願意擁抱每一個人。都督，您肯被我抱一下嗎？」

周瑜懷疑魯肅的笑容是裝出來的，便對華佗說：「華醫生，請給魯大夫把一把脈。」

他又對魯肅說：「子敬，請伸出左手，男左女右。」

魯肅莫名其妙地將左手伸給華佗。

周瑜看華佗為魯肅把著脈，問華佗：「魯大夫剛剛是不是跟老婆吵過架？」

華佗說：「沒有。」

周瑜又問：「他沒跟老婆吵過架，是不是跟別人吵過？」

華佗說：「也沒有。」

「華醫生，您再看看他的舌苔……」

「不用了。」華佗的結論很肯定，「魯大夫心平氣和，毫無發火的徵兆。」

出了魯家，周瑜趕緊去找工程人員。

「怎麼回事？是不是管道漏氣了？」

工程人員說：「管道沒有漏氣，可能是氣壓不夠影響了效果。」

「怎樣能使氣壓充足？」

「得造一個氣櫃。一個人的氣太有限了，必須集中許多人為氣櫃充氣。」

龐大的氣櫃很快造好了。

但從哪兒找這麼多人來給氣櫃充氣呢？

周瑜決定組織一個吵架大賽。

大賽章程貼出以後，全國的吵架愛好者踴躍報名。各地分賽場先行選拔。激烈的賽事吸引了每一個有嘴有耳朵的人。

最後，吵架高手齊集國都。

八強賽……四強賽……周瑜都沒到場觀看。

魯肅來提醒他：「明天的決賽您不能再錯過啦，您是大賽組

織者呀！」

周瑜說：「決賽我還是不到場。」

魯肅說：「爭奪冠亞軍的場面一定非常驚心動魄呢！」

周瑜吩咐魯肅：「你去告訴評委們，該得冠軍的一定讓他得亞軍，該得亞軍的一定讓他得冠軍。」

「這……這可不公平呀！」

「就是要不公平。」

大賽名次揭曉後，全國譁然，不生氣的只有那個該得亞軍卻得了冠軍的人。

周瑜問魯肅：「全吳國的人都生氣了嗎？」

魯肅說：「是呀，連我都想不通。」

周瑜說：「你快去擬個通告，請愛國的生氣者把他們生出的氣捐給國家。」

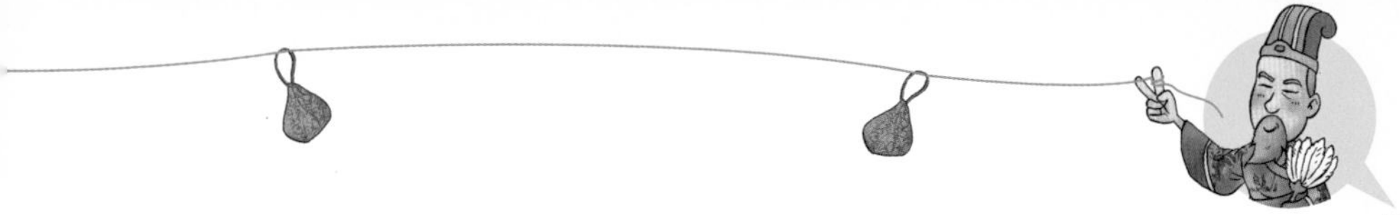

一人捐一口氣，龐大的氣櫃很快被充滿。

周瑜問工程人員：「現在氣壓夠了嗎？輸送到蜀國沒問題吧？」

工程人員說：「沒問題。」

在向蜀國輸氣前，再做最後一次試驗。

工程人員打開氣閘，一股高壓氣從魯肅床底呼嘯而出……

周瑜想再去看望魯肅，魯肅倒來找周瑜了，他手上端著一杯熱茶。

魯肅沒跟周瑜吵架，但他把這杯茶狠狠地潑到了周瑜的臉上。

周瑜被燙得齜牙咧嘴，但他喃喃歡呼著：「成功了，成功了，魯肅發火了！」

蜀國。

張飛來向諸葛亮稟報：「軍師，今發現吳國的地下管道已越過我國邊境，掘進的方向對準您的住宅。」

諸葛亮說：「周瑜的『東氣西輸計畫』我早已知曉，他想讓我變成一隻氣蛤蟆。」

「怎麼辦？請軍師指示。」

「就讓那管道通到我家來吧。通知我們的人民做好準備，在對方開始輸送惡意氣體之前，我們搶先送去可以改變對方的

友善的氣息……」

張飛卻另有打算。

軍師住宅附近有座澡堂。張飛打算將澡堂的下水道加以延長，用來攔截吳國的輸氣管道。

「哈哈！」張飛暗自得意，「周瑜啊周瑜，到時候就不是什麼『東氣西輸』啦……」

周銳作品集

幽默三國之錦囊裡的冷笑

2011年3月初版　　定價：新臺幣270元

著者　周銳
繪圖　奇兒
發行人　林載爵

出版者　聯經出版事業股份有限公司
地址　台北市忠孝東路四段561號4樓
編輯部地址　台北市忠孝東路四段561號4樓
叢書主編電話　(02)87876242轉213
台北忠孝門市：台北市忠孝東路四段561號1樓
電話：(02)27683708
台北新生門市：台北市新生南路三段94號
電話：(02)23620308
台中分公司：台中市健行路321號
暨門市電話：(04)22371234ext.5
高雄辦事處：高雄市成功一路363號2樓
電話：(07)2211234ext.5
郵政劃撥帳戶第0100559-3號
郵撥電話：27683708
印刷者　文聯彩色製版印刷有限公司
總經銷　聯合發行股份有限公司
發行所：台北縣新店市寶橋路235巷6弄6號2樓
電話：(02)29178022

叢書主編　黃惠鈐
校對　賴顯如
整體設計　陳巧玲

行政院新聞局出版事業登記證局版臺業字第0130號

本書如有缺頁，破損，倒裝請寄回聯經忠孝門市更換。　ISBN 978-957-08-3780-3 (平裝)
聯經網址：www.linkingbooks.com.tw
電子信箱：linking@udngroup.com

國家圖書館出版品預行編目資料

幽默三國之錦囊裡的冷笑/周銳著．奇兒繪圖．初版．臺北市．聯經．2011年3月（民100年）．200面．14.8×21公分

ISBN 978-957-08-3780-3（平裝）

859.6 100003366

聯經出版事業公司

信用卡訂購單

信用卡號：□VISA CARD □MASTER CARD □聯合信用卡

訂購人姓名：________________________

訂購日期：__________年________月__________日　(卡片後三碼)

信用卡號：________ ________ ________ ________ ______

信用卡簽名：____________________(與信用卡上簽名同)

信用卡有效期限：________年________月

聯絡電話：日(O)：______________夜(H)：______________

聯絡地址：□□□ ________________________________

____

訂購金額：新台幣 ______________________________ 元整

（**訂購金額 500 元以下,請加付掛號郵資 50 元**）

資訊來源：□網路　□報紙　□電台　□**DM**　□朋友介紹

□其他 ______________________________

發票：□二聯式　□三聯式

發票抬頭：________________________

統一編號：________________________

※ 如收件人或收件地址不同時，請填：

收件人姓名：________________________ □先生　□小姐

收件人地址：________________________________

收件人電話：日(O) ______________ 夜(H) ______________

※茲訂購下列書種,帳款由本人信用卡帳戶支付

書名	數量	單價	合計
		總計	

訂購辦法填妥後

1. 直接傳真 FAX(02)27493734
2. 寄台北市忠孝東路四段 561 號 1 樓
3. 本人親筆簽名並附上卡片後三碼(95 年 8 月 1 日正式實施)

電話：(02)27627429

聯絡人:王淑蕙小姐(約需 7 個工作天)